Max Herrmann-Neiße

# Der Todeskandidat

Erzählung

Max Herrmann-Neiße: Der Todeskandidat. Erzählung

Erstdruck: 1927

Neuausgabe
Herausgegeben von Karl-Maria Guth
Berlin 2017

Umschlaggestaltung von Thomas Schultz-Overhage unter Verwendung des Bildes: Ferdinand Hodler, Der sterbende Valentine Gode-Darel, um 1880

Gesetzt aus der Minion Pro, 11 pt

Verlag: Henricus - Edition Deutsche Klassik GmbH
Mörchinger Str. 33, 14169 Berlin, info@henricus-verlag.de
Druck: Libri Plureos GmbH, Friedensallee 273, 22763 Hamburg

ISBN 978-3-7437-0170-0

Bibliografische Information der Deutschen Nationalbibliothek

Die Deutsche Nationalbibliothek verzeichnet diese Publikation in der Deutschen Nationalbibliografie; detaillierte bibliografische Daten sind im Internet über www.dnb.de abrufbar.

Um Punkt fünf Uhr drückte Clemens auf den Klingelknopf unter dem Porzellanschild: Dr. med. Geier, Sprechstunde von fünf bis sieben. Drinnen gab es ein schnarrendes Geräusch wie von einem aufgestörten bösartigen Vogel. Clemens mußte sich einen Augenblick an das Treppengeländer lehnen, er fühlte sich am Ende seiner Kräfte. Seit Monaten litt er an dieser unerklärlichen, ungreifbaren Krankheit, die ihn mitten im sichersten Wohlbefinden, ohne jede Warnung, überfallen hatte. Grade daß es ihm damals noch gelungen war, sich nach Hause zu schleppen in seine trostlose Junggesellenwohnung, dies eine unfreundliche Parterrezimmer, das – ohne Entree – gleich auf den schmutzigen Hinterhof mündete.

Wochenlang hatte er dann dort fiebernd im Bett gelegen, ohne daß sich jemand um ihn gekümmert hätte. Nach regelmäßigen Mahlzeiten hatte es ihn damals sowieso nicht verlangt. So waren ihm zuerst die alten, fast ungenießbaren Reste von Brot und Käse genug gewesen. Später huschte er einmal in der Woche um die Abendstunden notdürftig bekleidet in einen benachbarten Lebensmittelkeller und versorgte sich mit dem Billigsten, was es dort an Eßbarem gab. Außer zu diesen seltenen und dürftigen Einkäufen hatte er seine Wohnung nicht verlassen.

Gleich im Anfang war es nämlich für seine Krankheit charakteristisch, daß sie ihn jedes Interesses am Leben beraubte und in eine grenzenlose Unlust und Apathie versinken ließ. Zu einer Benachrichtigung seines Arbeitgebers konnte sich Clemens nicht aufraffen. Auch auf die schriftlichen Anfragen nach seinem Verbleib, die zuerst noch ganz höflich, ja wohlwollend waren, gab er keine Antwort. Klopfte es an seiner Tür, öffnete er nicht, ja, je hartnäckiger man pochte, um so erbitterter hielt er sich reglos in seinem Winkel, zog die Decke über den Kopf und verspürte fast eine selbstquälerische Wollust, wenn sich die Schritte enttäuscht entfernten. Natürlich hatte er nach einiger Zeit von seinem Brotherrn die schriftliche Mitteilung von seiner sofortigen Entlassung bekommen, diesen Brief aber gleichgültig auf die Erde fallen lassen. Zufällig war es sowieso das letzte Schreiben, von dem er noch Kenntnis nahm, von nun an gab er sich gar nicht mehr die Mühe, was der Briefträger durch den Einwurf in der Tür schob, aufzuheben. Ungeöffnet lagen die Sendungen auf dem Erdboden und bildeten allmählich einen staubigen, Mitleid erregenden Haufen Makulatur.

Was draußen in der Welt vorging, wußte er schon lange nicht mehr und wollte es nicht wissen. Nicht nur in den ersten Fieberwochen, auch später, als das Fieber gewichen und eigentlich nichts übriggeblieben war als das schwächende, in seiner Gestaltlosigkeit desto beängstigendere Gefühl einer fremdartigen, geheimnisvoll schweren Krankheit, lag Clemens meistens in seinen Kissen, ohne etwas zu lesen, ohne Bilder anzusehen, ja auch ohne nachzudenken oder wachen Auges zu träumen, lag wie ein Ding, wunschlos, sinnlos, unbeseelt.

Sorgen um Geld machte er sich nicht. Anfangs genügte der Rest vom letzten Gehalt für das Wenige, dessen er jetzt bedurfte, und sobald der verbraucht war, tauchte, wie eine Märchenhilfe, eine längst vergessene Sparbüchse auf, deren Inhalt noch mehrere Monate eines so anspruchslosen Vegetierens sicherstellte. Darüber hinaus bangte Clemens nicht, ließ sich ganz gehen in der Willensberaubung und Narkotisierung, die seine Krankheit ihm antat, gewöhnte sich an sie, verließ sich auf sie, gab sich ihr verfallselig hin.

Er hatte keine Ahnung, welches Datum grade war. Es schneite, Wind blies aus einem gelblich bösen Himmel, der wie Metall klirrte, Wolken hingen bis tief auf die Erde herab – Sonne schien breit, alle Hindernisse beiseite stoßend, mit brutalem Lachen –: für Clemens gab es, ohne Raum und Zeit, ohne Witterungs- und Stimmungswechsel, immer nur das Quadrat Zimmerdecke über seinem Dämmern, diesen Plafond, den ein armseliger Stubenmaler mit einem fatalen Mäandermuster subaltern bekleckst hatte, und von dem, wie eine seltsame, geheimnisvoll belebte Alge, eine Spinne an ihrem Faden herabhing. Da er sich kaum noch die Mühe gab, mit Bewußtsein zu leben, unterschied Clemens auch Tag und Nacht nicht mehr, schlief den Tag über in totenähnlichem, schwerem Schlummer, wachte nachts sein totenähnliches, regloses Wachen.

Dennoch kam er in so einer absichtlich und trotzig durchwachten Nacht von dem banalen Geräusch nicht los, mit dem eine Maus vom Hof oder Keller sich in seine Wohnung durchzunagen strebte. Zuerst nahm er es als gleichgültige Begleitmusik seines Nichtstuns und Nichtsdenkens, und da das Knacken der Maus monoton unermüdlich ein und derselbe Laut blieb, paßte es gut zu der automatischen Eintönigkeit, in der sich der Kranke gefiel. Nacht für Nacht kehrte das Geräusch nun wieder und schuf zuerst eine süße Gewohnheit, die gern miteinbezogen wurde in den reibungslosen, ungestörten Verlauf der regelmäßig stumpfsinnig verbrachten Stunden. Aber unvorhergesehen änderte es sich, wenn auch um zarteste Nuancen, kam näher und näher, klang immer weniger gleichmütig, wurde immer deutlicher Kampf, Krampf, wütendes Wühlen. Splitter flogen, Ehrgeiz hastete, fast irre wurde die Kreatur von der Gewißheit des nahen Triumphes, bis in der fünften Nacht nach einem äußersten Toben, Umsichschlagen, Kopf durch die Wand, eine letzte Schranke fiel, ein Miniaturwall zu Staub zerrieselte, eine winzige Kreatur mit einem zirpenden Siegestriller die Schanzen stürmte, und nach einigem Rascheln in imaginären Lorbeerkränzen die selbstsichere Stille des schwer und gerecht errungenen Erfolges sich ausbreitete.

Clemens aber war, wie von einem elektrischen Schlage getroffen, vom Bett emporgeschnellt, aus seiner Lethargie herausgerissen, zum Bewußtsein des Lebens gebracht. Unwillkürlich begann er zu zählen: fünf Nächte hatte die Maus zu ihrem Durchbruch gebraucht! Clemens saß unbeweglich auf dem Rand seines Bettes und fing an zu grübeln. Mühsam und schwerfällig nur, doch mit der Hartnäckigkeit einer lange unbenutzten Maschine, die wieder zu arbeiten beginnt, ging das Vorsichhindämmern und Stieren in lichtes Denken über, das sich streng Rechenschaft gab. Fünf Nächte hatte die Maus zu ihrem Durchbruch gebraucht!

Clemens lernte wieder zählen, sich an der Zeit messen, Ansprüche an seine Fähigkeiten stellen. Erst war er noch begriffsstutzig, verirrte sich in den eigenen Folgerungen, mußte sich wiederholen, lallte. Plötzlich begriff er die verlorene Zeit, das unwiederbringlich verlorne Leben. Er fing bei sich selber an zu zählen, rechnete seine Lebensjahre an den Fingern ab, als wäre er ganz kindisch geworden, war ehrlich verdutzt, als er auf zweiundvierzig kam. Die Monate seiner Krankheit schienen ihm plötzlich mehrfach zu gelten, wie Kriegsjahre. Er wurde wütend über den Raub, den das Schicksal da an ihm begangen hatte, brüllte auf, ballte die Fäuste. Da warf ihn ein neuer Anfall aufs Lager, Fieber schüttelte wieder seinen geschwächten Körper, die Krankheit zeigte ihm ihre Gewalt, noch hatte sie ihn, bewies ihm seine Ohnmacht. Die letzte Verfluchung und Lästerung ging in Schluchzen über, Clemens beweinte zwei unwiederbringlich versäumte Jahre, die ein paar bewußtlose Krankheitsmonate vergeudet hatten. Er war sich darüber klar, daß ihm nicht mehr genug blieben, das Verfehlte nachzuholen. Da allein die namenlose Krankheit ihn in diese Not verbannt hatte, gab es jetzt für ihn nur eins: ihrer Herr zu werden. Nicht um wieder in seine subalterne, gleichgültige Stellung zurückzukehren; das war ein für allemal zu Ende, es fiel sogar schwer, sich auch nur daran zu erinnern, das Schreiben seines ehemaligen Brotgebers lag mit Recht ganz zu unterst in dem staubigen Haufen Makulatur, den allmählich die uneröffnete Post auf dem Erdboden nahe der Tür gebildet hatte. Es handelte sich darum, zu leben, etwas zu tun, darin man sich leben fühlte, sich durchzuwühlen, durchzunagen, Schanzen zu stürmen, in die selbstsichere Stille des Sieges einzugehen!

In seinen schlimmsten Stunden als er sich ganz elend und hinfällig fühlte, hatte Clemens nicht daran gedacht, die Hilfe eines Arztes in Anspruch zu nehmen. Er besaß eine geringe Meinung von den Medizinern, pflegte wohlgefällig alle Verächter der Heilkunde zu zitieren und zu bemerken: »Ärzte raten auch nur herum und können erst Bestimmtes sagen, wenn sie uns aufschneiden und in uns hineingucken dürfen!«

Plötzlich wurde es ihm unbehaglich, seine Krankheit nicht zu kennen, nichts von ihr zu wissen, ihr mit verbundenen Augen ausgeliefert zu sein. Er erinnerte sich einer Adresse, die er einmal sehr skeptisch von Jemandem in Empfang genommen hatte, er wußte selbst nicht mehr, von wem. War es nicht eine sehr verdächtige, feindselige Stimme gewesen, die mitten in Zeiten unzweifelhafter Gesundheit schon diese schreckliche Krankheitsperiode vorausgesagt, ja, sie ihm womöglich an den Leib gehext und eindringlich aufgeschwatzt hatte? Trotzdem machte sich Clemens auf den Weg, wagte die weite Strecke Steglitz – Jannowitzbrücke.

Geschwächt durch die lange Bettruhe und Stubengefangenschaft, sank er fast zusammen, als er nun in frischer Luft bis zur Haltestelle der Elektrischen ging. Dort mußte er lange warten, es war ein nebliger Wintertag und die ungewohnte Kälte drang ihm bis auf die Haut. In dem überfüllten Wagen stand er schwankend zwischen gehässigen Leuten, die keine Rücksicht nahmen, ihm auf die Füße traten, schlechten Tabakrauch in sein Gesicht bliesen. Immer wieder hielt die Bahn mit einem brutalen Ruck an, daß alle durcheinander taumelten, neue Gäste zwängten sich in das längst volle Abteil, boxten sich Platz, der Schaffner fluchte und schnauzte, bahnte sich trampelnd nach vorn einen Weg, damit der Trambahngesellschaft ja nicht etwa die fünfzehn Pfennige eines Kunden auf dem Vorderperron entgingen!

Clemens gedachte sehnsüchtig seines ungestörten, einsamen Dämmerns im Krankenbett, bereute schon, sich auf ein so zweifelhaftes Abenteuer hier eingelassen zu haben, haßte alles, was nicht sein eigenes Antlitz war. Die fette Fratze des gesättigten Genießers und die von lauter Fron stumpfsinnig gewordene Visage eines Fabrikarbeiters mit Rucksack waren ihm gleichermaßen widerlich. O glückliche Stunden, da man die Decke über den Kopf ziehen konnte! Nach einstündiger Fahrt konnte Clemens endlich aussteigen, mußte noch zwei Straßengevierte abschreiten, er ging unsicher wie auf schwankendem Schiff, sah alles wie durch schlechtgeputzte Brillengläser. Der Geruch einer Konditorei und einer Drogerie machte ihn für Sekunden widerstandsunfähig, vor so viel Süßigkeit streckte er die Hände zur Abwehr aus, daß ein paar Straßenpassanten stehenblieben, besann sich aber gleich auf sich selbst und brachte es in halbwegs guter Haltung bis zu dem Hause, in dem der Arzt wohnte.

Nun aber war es fürs erste mit Clemens aus, er hatte sich gleich zuviel zugemutet, bleich lehnte er am Geländer und holte verzweifelt Atem. Drinnen schlurfte langsam jemand zur Tür, riß sie unwirsch auf, eine schlecht angezogene Alte, die ihn ohne Gruß durch einen dunklen Korridor vor sich hin trieb, ohne ihm Mantel und Hut abzunehmen, in einen gleichfalls unerleuchteten Warteraum stieß und die Tür hinter ihm zuschlug. Clemens hatte sofort das Gefühl, daß sich schon Menschen im Warteraume befanden, sehen konnte er zunächst nichts, so machte er aufs Geratewohl eine schüchterne Verbeugung und stammelte höflich: »Guten Abend!« Eine Antwort bekam er nicht, hörte nur ein Geräusch, als rücke man mißgünstig von ihm ab, wie von einem lästigen Tölpel. Verlegen blieb Clemens noch einen Augenblick an der Tür, ohne sich von der Stelle zu rühren. Allmählich begannen sich seine Augen an die Dunkelheit zu gewöhnen. Clemens nahm nun das Gelaß wahr, in dem er sich befand, weniger ein Zimmer als einen langen, finsteren Durchgang, von dessen vergilbter Tapete überall Fetzen herunterhingen und dessen einziges, vergittertes Fenster eine nahe, schwarze Brandmauer sehen ließ. Das einzige Mobiliar dieses trostlosen Raumes bildeten fünf eiserne Gartenstühle, die der Tür gegenüber wie eine Anklagebank in einer Reihe aufgestellt waren. Sie waren alle fünf von Frauen in dürftigen, altertümlichen Mänteln und seltsam verschlissenen Kapotthüten besetzt. Die Mienen der Weiber konnte er nicht erkennen, denn alle fünf hockten gebückt da, die Ellbogen auf die Knie gestützt, die Häupter in ihren Händen verborgen, und verharrten geduldig in dieser Haltung wie Menschen, die warten gelernt haben und für die Zeit keine Rolle mehr spielt. Nur ab und zu gaben sie mit einem gemeinsam ausgestoßenen Seufzer ein Lebenszeichen von sich.

Clemens fühlte sich sehr unbehaglich, er wußte auch nicht, wo er bleiben sollte, da für ihn kein Stuhl mehr frei war. So lehnte er sich an den Ofen. Der war trotz des Wintertages kühl, ja, man hatte die Gewißheit, es sei in ihm überhaupt noch nie geheizt worden, und Clemens war jetzt froh, daß er den Mantel anbehalten hatte. Er unterschied nun auch in der linken Wand eine gepolsterte Tür, die offenbar in das Ordinationszimmer führte. Clemens spürte, daß allmählich auch über ihn die Geduld der fünf schweigenden Frauen kam, er begann wie sie reglos in seiner Pose zu erstarren, seine Hände, die an der kalten Ofenkante lagen, gingen langsam in die Substanz der Kacheln über, er starb ab und wurde dem toten Gegenstande traumhaft gleich. Ein paarmal wurde die gepolsterte Tür heftig aufgerissen, eine Lichtflut blendete, man konnte lustiges Stimmengewirr, Gläserklingen, Grammophonmusik hören, jemand wollte in den Warteraum kommen, wurde von drinnen unter lautem Gelächter noch zurückgehalten, wieder in den angeregten Trubel hineingezogen, und die Polstertür fiel rasch zu. Clemens war von alledem weit weg, in einer wolkigen Unwirklichkeit, wo es weder Stunden noch Bilder gab, trieb wie ein Fisch tief unter dem Spiegel der schimmernden Meeresfläche durch gestaltlose und entseelte Labyrinthe.

Als eine sachliche Stimme ihn zum Betreten des Ordinationszimmers aufforderte, fuhr er wie aus langem, schwerem Schlafe auf, mußte sich erst darauf besinnen, wo er war. Wieviel Zeit mochte wohl vergangen sein? Die fünf Frauen waren jedenfalls nicht mehr da, die Polstertür stand weit offen, und noch einmal wiederholte da drinnen die farblose Stimme ihre berufsmäßige Einladung. Clemens raffte sich zusammen und schritt in einigermaßen gefaßter Haltung hinein. Dieses Zimmer sah merkwürdigerweise eher wie der Verhandlungsraum eines Gerichtsgebäudes aus. Hinter einer Holzschranke saß an einem langen Tische ein Mann, der mit einem schmutzig weißen, schon sehr abgeschabten und blutbespritzten Talare bekleidet war. Wortlos wies er dem Clemens einen Sitz auf einer kleinen Bank an, die im grellen Lichtkreise eines Scheinwerfers stand. Des Arztes Gesicht blieb, da er im Dunkel saß und Clemens von den Scheinwerferstrahlen geblendet wurde, undeutlich. Hinter der Schranke befand sich auch noch ein kleines Schreibmaschinentischchen, das von einer Petroleumlampe beleuchtet wurde und an dem ein Greis mit gleichgültiger Schreibermiene Platz genommen hatte. Dieser Greis steckte in einer verblichenen, an einigen Stellen schlecht geflickten Invalidenuniform und hatte auf dem haarlosen, pergamentgelben Schädel ein bläulichrotes Geschwür von der Größe und Form eines Apfels.

Um diesem unappetitlichen Anblicke zu entgehen, spähte Clemens rasch einmal hinter sich, wo auf einem Bücherregal ein Grammophon stand und ein Büfett halb und ganz geleerte Wein- und Likörflaschen und -gläser trug. Da fuhr ihn die Stimme an: »Ziehen Sie sich aus!«, und so suggestiv war ihr Kommandoklang, daß Clemens ganz unterwürfig wurde, widerstandslos zusammenzuckte, ja den Ehrgeiz bekam, den Befehl möglichst rasch und gut auszuführen. In der nervösen Erregung seiner Diensteifrigkeit machte er aber lauter falsche, unzweckmäßige Handgriffe, verhedderte sich in seinen Kleidungsstücken, schämte sich selber seiner Ungeschicklichkeit und riß schließlich unbeherrscht die Hüllen vom Leibe, daß der Stoff Schaden nahm, Knöpfe zerbrachen, und dann alles unordentlich, zerknüllt, beschmutzt am Boden durcheinanderlag. Jetzt, da er nackt dastand – und erst recht im Gegensatz zu der Hitze, in die er sich bei dem grotesken Kampfe mit seinen Kleidern gearbeitet hatte – spürte er, welch eisige Kälte auch dieses Zimmer durchzog. Ganz in seiner Nähe waren nämlich zwei große Fenster weit geöffnet, dicht vor ihnen führte der Viadukt der Stadtbahn vorüber, Clemens sah die feucht glänzenden Schienen, ihn schauderte noch mehr, als spüre er ihre nasse, metallene Kälte an seiner bloßen Haut, und die Züge, die in kurzen Intervallen heranpolterten, kamen so haarscharf auf ihn zu, als müßten sie ihn in der irrsinnigen Jagd durch die Abfallgruben der Großstadt mit sich schleifen. Nun flammten auf der Strecke die roten und grünen Lichter der Signalmaste wie Kontrollzeichen zu des Arztes kalt inquirierenden Sätzen.

Alle Geheimnisse seines vergangenen und gegenwärtigen Lebens wurden Clemens entrissen, die Geheimnisse seiner Eltern und Elterseltern auch, nichts durfte verborgen bleiben, keine Schonung wurde gewährt, es gab auch keine Möglichkeit, irgend etwas zu leugnen, zu verstecken, auszulassen. Unnahbar, unentrinnbar, kategorisch forschte der teilnahmslose Examinator, und alle Antworten wurden von dem widerlichen Alten in der Invalidenuniform automatisch mit der Schreibmaschine notiert. Durch die Art der Fragestellung wurde das alles unweigerlich herabgesetzt, verzerrt, entwertet. Was so lange in der Erinnerung von Clemens eine besondere Glorie und einen überirdischen Duft gehabt hatte, sah mit einem Male gewöhnlich, nichtswürdig, eklig aus. Was er in seinen Träumen so herzlich gepflegt und gehütet hatte, schrumpfte welk, häßlich zusammen. Was im Spiel der Gedanken stilles Glück gewesen war, flößte Widerwillen ein. Ein höhnischer Finger wies auf die Unzulänglichkeiten, Schäden, Lächerlichkeiten dessen hin, was man so lange geliebt und verehrt hatte. Mehr noch: man wurde gezwungen, die Gebrechen an seinen Vorbildern und Lieblingen selber aufzuspüren und anzuzeigen. So gründlich geschah dieser Zwang, daß Clemens sich nicht mehr nur an die Fragen hielt, sondern freiwillig sich und die Seinen preisgab, von sich aus zynisch wurde, gar nicht merkte, daß der Arzt verstummt war, indes Clemens wie trunken wüstete, übertrieb, Gemeinheiten erfand, eine Flut von Verdächtigungen und

Böswilligkeiten fast rascher heraussprudelte, als der Greis an der Schreibmaschine protokollieren konnte.

Plötzlich wurde die Tür den Fenstern gegenüber aufgerissen und herein schlampte ein dickbusiges Weib von etwa fünfzig Jahren. Ihr graues Haar hing unordentlich ins Gesicht, die verfallenen Wangen waren übertrieben geschminkt, an den Füßen breitgetretene, ausgefranste Pantoffeln, graue Socken rutschten von ihren unförmigen Beinen. Bekleidet war sie mit einem unsaubren Schlafrock, in der Hand hielt sie eine Kaffeemaschine, und sie trällerte äußerst vergnügt einen zotigen Gassenhauer. Dem alten Manne krabbelte sie im Vorbeigehn liebevoll an der Geschwulst auf seinem Kahlkopf und sagte dazu mit einer unangenehmen fetten Stimme: »Na, Papachen, tippst du wieder alles falsch?« Dann fegte sie zu dem Arzte hin, schmiß sich mit aller Wucht auf die Lehne seines Sessels daß ihr Schlafrock oben aufging und ein häßliches Korsett sehen ließ, tätschelte seine Wangen und begann ohne Überleitung, in uneindämmbarem Redefluß, Geschäftliches zu fragen: »Mutzchen, hast du die Rechnung an Nußbaum geschickt? Und dem Kleinert einen Mahnbrief geschrieben? Beim Wiedenmaier würde ich pfänden lassen. Und sei für den Fleißmann nicht zu billig! ...«

Die Tür hatte sie hinter sich offen gelassen, daß Clemens nun ganz im Luftzug stand, er fror, daß es ihn schüttelte, aber er wagte nicht, nach seinen Kleidern zu greifen. Endlich sah das Weib ihn an, hielt mitten im Satze inne, hieb sich auf die Schenkel, kreischte laut heraus und verfiel in einen Lachkrampf. Die Augen tränten, der Atem drohte auszugehen, der Arzt fuhr mit der Hand in ihren Morgenrock und schlug den nackten Rücken, daß es ein schwappendes Geräusch gab. Nur der Greis saß teilnahmslos vor der Maschine, als ginge ihn das alles nichts an, las nach, was er zuletzt geschrieben hatte, und spannte einen neuen Bogen Papier ein. Clemens stand wie am Pranger unter dem unbarmherzig hellen Licht des Scheinwerfers. Er wurde sich bewußt, wie kümmerlich er in seiner Blöße aussah, eine schieche Spottfigur, ein Menschenzerrbild, abgemagert, unterernährt, windschief, von den vielen Fiebernächten, dem wochenlangen Stubenhocken ausgemergelt, blutleer, mißfarben, und nun vollends vor Kälte zusammengeschrumpft, mit verrunzelter Haut, blauen Lippen, rotgefrorenen Ohren und Fingern.

Allmählich erholte sich das Weib von seinem Anfall, und der Arzt fuhr in seiner peinlichen Befragung fort, als wäre nichts geschehen. Die Frau blieb ruhig auf der Sessellehne sitzen, mahlte Kaffee, trällerte wieder ihren Gassenhauer und wandte keinen Blick von Clemens, studierte offensichtlich eingehend jeden einzelnen seiner Körperschäden, weidete sich daran, im Gegensatz zur eignen noch lebenslustigen Fülle so krassen vorzeitigen Verfall feststellen zu können.

Eintönig schnitten die Fragen des Arztes durch die gläserne Kälte, die niemand außer Clemens zu spüren schien. Eintönig sickerten des Kranken verlegne Antworten. Sein selbstzerstörerischer Übermut war längst verflogen, in tiefste Entmutigung und Beschämung umgeschlagen. Eintönig klapperte die Schreibmaschine, kratzte die Kaffeemühle, näselte der Gassenhauersingsang. Die Petroleumlampe neben dem Alten flackerte im Luftzug, schwelte und rußte. Plötzlich sprang die Frau auf, versetzte dem Arzte einen unsanften Stoß, riß im Vorübertoben beinah den Greis mit seiner Schreibmaschine um, schrie: »Es sind ja noch keine Kaldaunen da!« War schon bei der Tür, schlappte wieder bis zur Schreibmaschine, packte den Alten am Arm, zerrte ihn hoch: »Rasch, rasch, spute dich, die Läden schließen gleich!« und quirlte mit dem Überraschten, der keinen Widerstand leisten konnte, hinaus, daß aus ihrer Kaffeemühle Bohnen und Kaffeestaub auf den Fußboden fielen. Endlich war die Tür wieder geschlossen. Der Arzt drückte auf einen Knopf, der Scheinwerfer erlosch. Nur die blakende Petroleumlampe vom Schreibmaschinentischchen gab dem Zimmer noch ein wenig Helle, und hin und wieder das Licht in den Coupés der Stadtbahnzüge, die sich dicht neben den Fenstern einen Weg durch die Häuser bohrten. Eine geraume Weile herrschte eine unheimliche Stille, daß Clemens nichts als sein eignes schweres Atmen vernahm. Der Arzt hatte seine Arme aufs Pult gelegt, nun sank sein Haupt auf die gefalteten Hände.

Clemens war bei den Worten der Frau von einem gräßlichen Ekelgefühl erfaßt worden. Er stellte sich die fürchterlichen, ihm verhaßten Speisen vor, von denen sie geredet hatte. Er sah es triefen, wabbeln, sich blutig und fettig vermantschen – ein Schauer lief über seinen

Körper, es würgte ihn, er war dem Erbrechen nahe. Fliehen, nur fliehen! Mißtrauisch blickte er wieder auf den Arzt, aber der lag unbeweglich über das Pult geneigt in festem Schlummer, und es wurde immer finstrer, denn auch die Petroleumlampe brannte nur noch mit kleinwinziger Flamme und war dem endgültigen Verlöschen nah. Clemens schlüpfte, so schnell er konnte, in seine Kleider, den Mantel hing er um die Schultern, den Hut stülpte er sich in der Eile verkehrt und schief auf, dann entwich er auf Zehenspitzen, öffnete die Tür ganz behutsam und schloß sie ebenso hinter sich zu.

In dem dunklen Korridor rannte plötzlich etwas Lebendiges, als hätte ihm es aufgelauert, mit aller Wucht gegen seine Knie und johlte schadenfroh, als er erschrocken zurücksprang und sich in den Winkel drückte. Dann fuchtelte eine elektrische Taschenlampe vor seiner Nase herum und eine vorlaute Kinderstimme fragte ihn altklug: »Bist du unser neuster Todeskandidat?« Clemens schob das Kind beiseite, rannte in der Richtung, wo die Tür zum Treppenflur sein mußte, stieß noch ein paarmal heftig an Mauervorsprünge und Gegenstände, die im Wege standen, spürte aber den Schmerz nicht. Das Kind jagte mit kleinen, schrillen Hetzschreien hinter ihm her, er verlor seinen Hut, ohne innezuhalten, hatte endlich die Türklinke, riß die Tür auf, rutschte das Treppengeländer im Fluge herunter, wie er es früher als Knabe getan hatte, stürmte barhäuptig auf die Straße.

Zufällig fuhr ein leeres Auto vorüber, wurde gerufen, hielt an. Clemens sprang hinein, nannte das Ziel, der Schlag knallte zu. Das Gefährt gab ein Signal, glitt eifrig in die öligen Asphaltkanäle, die Wellen des Großstadtabends umrauschten es, es teilte sie mit sicherer Geschwindigkeit. Drinnen hockte Clemens wie ein vom Ertrinken Geretteter, die Kleider klebten an seinem Körper, bis an den Hals war er schon in den eisigen Fluten versunken gewesen. Von Zeit zu Zeit warf ein Krampf ihn hin und her, ließen Erschütterungen seinen gebrechlichen Körper aufzucken. Das Auto hielt, wurde abgefertigt, er wankte durch den Vorder- und Hinterhof.

War endlich zu Haus, endlich wieder in seinem Bett! Das schaukelte so abseits aller menschlichen Siedlungen mit ihm auf dem Strome des Urwalds, fuhr unter den großen Fächern der Palmen hindurch. Märchenbunte Vögel flogen spielend über seine Stirn und begleiteten seinen Nachen ein Stück. Clemens lag nackt auf den Kissen des Verdecks, war den Verfolgern entronnen. Ganz in der Ferne verhallte ihr monotones, unverständliches Durcheinanderfragen. Wie häßlich war das gebieterische Kreischen dieser fremden Sprache gewesen! Nun wurde es immer mehr vertrieben von den weichen, wiegenden Melodien einer natürlichen Musik, mit der vom Ufer her die winddurchharften Bäume seine gemarterten Nerven besänftigten. Bisweilen nur hatte sich in den Urwald ein Stück baum- und strauchloser Prärie hineingefressen, dann brannte die tropische Sonne ihre giftigen Feuer wieder tückisch in sein Fleisch, preßte einen glühenden Ring um sein Haupt, warf Wüstensand in seine Augen. Seine Lippen waren Höllenfeuer, die Kehle schnürte sich zu, er war dem Verdursten nahe. Aus dem Flußwasser durfte er nicht trinken, denn schon faulte rings um ihn Morast, widrig schillernd, der von Insektengeschmeiß überwimmelt war und einen faden, unerträglich süßlichen, treibhausschwülen Verwesungsgeruch verbreitete. Mit einem Male wird es mitten am Tage Nacht, kein Lüftchen rührt sich mehr, Blatt und Gras hält den Atem an. Clemens liegt wie in einem Keller, sein Blut wird kälter und kälter. Jäh bricht es nach dieser bedrückten Stille wie Weltuntergang los, der Urwald kracht in den Grundfesten, der Kahn wird hoch emporgehoben, gestemmt, geschüttelt, die Welt bebt. Einen Augenblick lang kreist mitten in dem undurchdringlichen Dunkel eine blutrote Sonne mit irrsinniger Geschwindigkeit. Schon ist sie herabgerissen, türmt sich die Finsternis über die Blutlache, in der das rote Gestirn liegt. Und nun wird es ganz still, das Tosen hört auf, aber dichter und dichter umschnürt jetzt die erstarrte, Alp gewordene Dunkelheit alles Lebende. Der Nachen schaukelt nicht, haftet fest im zähen Teer dieses toten Meeres.

Clemens kann sich nicht rühren, ein Insekt im Bernstein eingeschlossen, lebendig begraben. Unendlichkeiten lang muß er dies Unsagbare ertragen, jenseits aller lebendigen Beweglichkeit im Vorhof des Wahnsinns auszuhalten, blind, gelähmt, stumm. Aber das Herz klopft wie die Spatenschläge der Retter, die ihn aus seiner Verschüttung herauszugraben versuchen. Sie kommen ihm nicht näher, entfernen sich in falscher Richtung, er kann sich nicht bemerkbar machen. Wieder liegt er Unendlichkeiten in diesem schwärzesten Abgrund, sammelt alle seine vom Alp unterdrückten Lebenskräfte zum Schlag auf Sieg oder Untergang. Kämpft, während er reglos liegt, in seinem Blut den unmenschlichen Kampf, hetzt, peitscht, zwingt sich, preßt, ringt, martert das Äußerste in sich stark. Krampf, wütendes Wühlen, Splitter fliegen, bis in dem einzigen Moment, in dem das Wunder möglich ist, mit einer unüberbietbaren Anstrengung die allmächtige Dunkelheit gesprengt, die Mauer durchbrochen wird, zu Staub zerrieselt, und Clemens in den Kissen seines Bettes, von den Blumenmustern der Tapete bunt bekränzt, die Spinne am Zimmerhimmel über sich wie einen winzigen Trostgefährten, emporschwebt in die Verheißung neuer Tage.

Mit einer noch hastigeren, zu allem bereiten Lebensgier tauchte Clemens aus diesem Fieberrückfall. In irgendeiner Stube über ihm heulte ein eingeschlossener, vergessener Hund in langgezogenen Jammertönen, in der Wohnung nebenan nagelte jemand, an einem Kreuz oder einem Sarge, muß Clemens denken. Der Wandkalender zeigte ein ganz unwahrscheinliches Datum, war schon seit wer weiß wann nicht mehr regelmäßig abgerissen worden. Clemens ging hin, las die dummen Sprüche: »Nur die Sache ist verloren, die man aufgibt.« – »Kein Übel wird beweint, dem man entrann«, und zerfetzte ihn zu lauter kleinen Papierschnitzeln. Bei diesem Anblick sehnte er sich nach der Maus, die einst so tapfer sich vom Hof oder Keller in seine Wohnung durchgenagt hatte. Er wußte jetzt, wie das tat. Warum war sie nicht bei ihm geblieben?

Ach, es war überhaupt alles anders gekommen. Er hatte doch damals von vornherein etwas versäumt. Er sah im Spiegelscherben auf dem Waschtisch sein von den Toten auferstandenes Leidensgesicht vorwurfsvoll herübernicken. Er mußte doch endlich wissen, woran er war! Wie feig er damals geflohen war, grundlos, sinnlos, unverrichteter Dinge! Hatte er sich selber schon so aufgegeben, daß er das endgültige Urteil nicht mehr abwarten konnte? Er war ja überhaupt nicht zu Worte gekommen. Jetzt traute er sich mehr zu, war er voll Kampfesmut, angriffslustig, rabiat gestimmt. Er fühlte die Kräfte in sich, durch die es ihm gelungen war, sich aus dem Grabe der Nacht noch einmal herauszuschachten. Man würde nachholen, besser machen, den Fall ins reine bringen. Diesmal war man selber dran, die Hauptperson zu spielen und zu fragen, der Herr Doktor hätten nur zu antworten. Dann würde Clemens wissen, wo der Feind stünde, ihn mit den richtigen Gegenmaßnahmen schlagen, noch einmal ein gesunder Mensch werden und ein neues Leben beginnen. Da er seinen Hut nicht fand, setzte er eine Reisemütze auf, zog den Mantel an, verließ seine Wohnung. Diese Sippe verdächtiger, Unglück verheißender Trauerweiber sollte ihm nicht wieder zuvorkommen, heut würde er der erste Patient sein und zu gründlicher Untersuchung und Aufklärung genügend Zeit haben.

Er fuhr diesmal mit der Stadtbahn. Es gab da eine zweite Klasse, wo man der Berührung mit der schlecht riechenden, durch Mühsal und Elend verbitterten Masse entging. Zuerst genoß Clemens dies mühelose Gleiten als eine Wohltat. Aber schon auf der ersten Haltestelle erschreckte und beleidigte ihn das rücksichtslose, brutale Zuknallen der Coupétüren. Dann stiegen zwei Pelzdamen ein, die so laut, als wären sie allein, Nichtiges schnatterten und ihn mißtrauisch beobachteten. Neben ihm thronte ein Feister mit unverschämter Befehlshabermiene, machte sich absichtlich breit, wich und wankte nicht. Hatte eine Riesenzeitung anmaßend entfaltet, daß er damit beim Wackeln des Zuges immerzu den Clemens belästigte, und blies ihm ungeniert den Rauch seiner Importe ins Gesicht, ohne sich von des andern Hustenanfällen stören zu lassen. Clemens rückte, so nah er konnte, ans Fenster, drückte sein Gesicht gegen die Scheiben. Man fuhr über die Spree, die trübe dahinfloß – wo war das goldne Leuchten und die Märchenfülle des Urwaldstromes? Hier gab es weder Tag noch Nacht, weder Sonne noch Finsternis, immer und immer nur dieses graue, farblose Dämmern, in dem alles ohne Stimmung und Trost sich unwirsch abnutzt. Und immer tiefer in den Verfall der Stadt hinein ratterte die Bahn, durch gräßliche Mietskasernen, von deren Fassaden der Stuck abgefallen war, durch grausige Gruben von Hinterhäusern, an hoffnungslos verschmutzten Kammern, Wohngefängnissen, Elendslöchern, an schiefen Zäunen, berstenden Bauten, an Schuppen und Kohlenplätzen, die das tückische Lauern von Hinterhalten und Mordgelegenheiten hatten, an aussätzigen und verkrüppelten Gärten vorbei, ächzte selbst verfallend, mit ausgeschlagenen oder schlecht schließenden Fenstern, befleckten und zerschnittenen Polstern, klappernden Scharnieren und kreischenden Rädern. Auch der Mut, mit dem Clemens vorhin eben erst ausgezogen war, verfiel, wurde rissig wie die Häuserfronten, zerbröckelte wie die ganze kurzlebige, unreelle Pracht der Schwindelbauten, und als nun der Zug mitten durch das Arzthaus in den Tunnel der Bestimmungsstation fuhr, da bangte Clemens, es möchte diese unterminierte Baracke bald zusammenstürzen und ihn selbst unter ihren Trümmern begraben.

Diesmal war es halb fünf, als Clemens auf den Klingelknopf an der Tür des Arztes drückte. Es dauerte lange, eh' jemand kam. Dann wurde die Tür nur einen Spalt breit geöffnet, und die vorlaute, quäksende Kinderstimme, die Clemens schon kannte, fragte: »Wer ist denn da?« Clemens überlegte einen Moment, ob er nicht lieber umdrehn und fortgehen sollte, da wurde die Tür neugierig weiter aufgemacht, das Kind erkannte ihn, rief: »Hurra! Unser Ausreißer ist wieder eingefangen!« Clemens wurde am Mantel hereingezerrt, das Kind lief johlend davon, seine Ankunft zu melden. Wieder fand sich Clemens in dem dunklen Gange nicht zurecht, tappte an der Wand entlang, bis er eine Tür entdeckte, die er für den Eingang zum Warteraum hielt und deshalb, ohne anzuklopfen, öffnete. Er stand aber unvermutet in einem Privatzimmer, wo die Familie gerade an einem runden Tisch beim Nachmittagskaffee saß. Der Tür gegenüber behauptete auf einem roten Plüschsofa die dickbusige Frau ihren Platz. Rechts von ihr saß auf einem Rollstuhl der alte Mann in der Invalidenuniform, links, die Zeitung in der Hand, der Arzt. Das Kind kniete neben ihr auf der Sofalehne und kreischte auftrumpfend, so als wäre ihm vorher eine Mitteilung nicht geglaubt worden: »Da ist er doch!« Clemens entschuldigte sein versehentliches Eindringen und wollte sich wieder zurückziehen. Da erhob sich der Arzt, kam auf ihn zu, reichte ihm die Hand und lud ihn zum Bleiben ein. Seine Stimme hatte heut einen ganz anderen, milderen, menschlichen Klang, und nun konnte Clemens auch sein Gesicht betrachten, das unpersönlich, konturenlos, verschwimmend, eine nichtssagende, ausdruckslose Dutzendform war, die man in der nächsten Sekunde vergessen hatte. Das Kind mußte noch einen Stuhl für Clemens an den Tisch schieben, und nun wurde er vom Arzte förmlich vorgestellt: »Meine Frau … mein Patient …« Da prustete sie schon wieder los und sagte mit einem anzüglichen Blinzeln: »Ich dächte, ich hätte den Herrn doch neulich schon intim genug kennengelernt!« und das fürchterliche Kind juchzte: »Ich auch! Ich auch!« Der alte Mann aber kümmerte sich gar nicht um das, was vorging, er hatte sich den stark gemilchten Kaffee in seine Untertasse gegossen und schlapperte ihn nun, mit dem gierigen Schmatzen eines jungen Hundes, in tierischer Selbstgenügsamkeit aus. Der Arzt machte eine resignierte Geste, er wirkte jetzt schlaff, machtlos, abgedankt. Das Kind brach respektlos in schadenfrohes Gelächter aus, und in idiotischem Nachahmungstrieb, ohne zu wissen, worum es sich handelt, kicherte der Greis mit, verschluckte sich dabei und beschmutzte sich wie ein Säugling mit der weißlichbraunen Flüssigkeit. Der Arzt hatte sich schon wieder in die Lektüre seiner Zeitung vertieft und Clemens verlegen Platz genommen. Auf dem Tische standen Teller mit Kuchen und Butterbrötchen und zwei Schüsseln mit Schlagsahne. Die Frau sagte: »Sie trinken doch eine Tasse Kaffee mit?« und wollte ihm einschenken, aber der Arzt befahl und bekam dabei wieder seine strenge Stimme von neulich: »Er darf keinen Kaffee trinken!« Nun reichte sie Clemens Kuchen und Brötchen, doch wieder verbot der Arzt: »Er darf auch nichts essen!«

So saß Clemens unglücklich da und fühlte sich als Störenfried, aber er fand vorerst keine schickliche Gelegenheit, sich zu verabschieden. Gesprochen wurde nichts mehr, der Arzt las interessiert, und die andern drei vertilgten ihre Portionen. Sabbernd löffelte der Greis Schlagsahne in sich hinein, das Kind stopfte den Mund immerzu so voll Torte, daß ihm Stückchen wieder hervorquollen und Finger und Lippen vom flüssig gewordenen Schokoladenguß widerlich besalbt waren, das Weib aber fraß wie eine Maschine, unerschütterlich, unaufhörlich, schmatzend, schlürfend, Kuchen mit Schlagsahne und Butterbrötchen. Von Zeit zu Zeit kam ihr schon ein Schluckauf, mußte sie mit einem schweren Stöhnen in ihrem Magen Platz schaffen, ihr Gesicht flammte kupfern wie das eines barbarischen Götzenbildes, auf Hals und Wangen perlten Schweißtropfen.

Auch dem Gaste wurde es unbehaglich schwül, von diesen Kauenden, Schlingenden, sich Mästenden strömte eine Glut aus wie von überhitzten Öfen, in die immer noch Kohle hineingeschaufelt wird, überdies war die Stube hier im Gegensatz zu dem Warteraum und dem Ordinationszimmer reichlich erwärmt, und Clemens saß sogar noch im Mantel da, den unaufgefordert abzulegen er sich nicht vermaß. Jetzt faltete der Arzt die Zeitung zusammen und erhob sich. »Es ist noch etwas Zeit bis fünf Uhr, und ich habe erst noch einige Vorbereitungen zu treffen. Ich lasse Sie dann rufen. Es ist wohl am besten, Sie leisten meiner Frau so lange Gesellschaft.« Die Frau nickte zustimmend, ohne ihr Kauen zu unterbrechen. »Und Sie, Schwiegervater, kommen gleich mit hinüber und lesen mir das Protokoll von neulich vor.« Er schritt zur Tür hinaus. Der Alte versuchte, mit schuldbewußter Miene, hastig noch ein paar Bissen hinunterzuwürgen, wie ein verprügelter Hund, den der Herr vom eben gefundenen Schmause wegruft. Dann folgte er mit trippelnden Schritten dem Arzte.

Kaum waren die beiden aus dem Zimmer, als Mutter und Kind sich wie losgelassene Rangen benahmen, deren Lehrer soeben die Klasse verlassen hat. Sie klatschten sich in unflätigem Spiele gegenseitig einen Löffel Sahne in den Mund, daß das weiße Zeug auf Nase und Backen Spritzer hinterließ, bombardierten sich mit Kuchenkrümeln und Brotkügelchen, lärmten dabei und blinzelten verständnisinnig nach Clemens hin, der nicht wußte, wie er sich verhalten sollte. Endlich bemerkte die Frau, daß er noch im Mantel war. Sie stand auf, kam hinterm Tisch hervorgewatschelt, sich mit dem Handrücken die letzten Krümel und Sahnenspritzer aus dem Gesicht wischend, und überschüttete ihn mit einem Schwall übertriebener Mitleidsbezeugungen. »Ziehn Sie sich aus!« herrschte sie ihn dann mit der gebieterischen Stimme ihres Mannes an, um hell aufzulachen, als er unwillkürlich rascher und mit ängstlicher Miene seinen Paletot ablegte. »Aber nicht so radikal wie neulich!« fügte sie mit einem zweideutigen Zwinkern hinzu, nahm ihm selbst den Mantel ab und hing das Kleidungsstück an einen Haken, der bereits seinen Hut trug, den er damals auf seiner panischen Flucht im Stich gelassen hatte.

Clemens fühlte sich rot werden und machte sich lange damit zu schaffen, seine Reisemütze in die Manteltasche zu zwängen. Das Kind hatte inzwischen Schüsseln und Teller vollends geleert, nun wischte es seine schmutzigen Finger an der Tischdecke ab und schrie dann unwillig, daß es nicht genügend beachtet wurde: »Mama, ich bin satt!« »Ach, und nun haben wir nichts mehr für den Gast hier«, fing da die Frau an zu lamentieren, »jetzt hätte er sich doch dranhalten können, wo Mutzchen es nicht mehr sieht!« Clemens beteuerte, daß er nichts zu essen begehre, keinen Appetit habe. »Aber wir könnten etwas trinken«, schnaufte sie, »geh mal rasch in die Küche, Martha soll abräumen kommen und die angefangene Flasche Wodka mit zwei Gläsern bringen!«

Das Kind sprang vom Sofa, stürmte hinaus, daß es durch die ganze Wohnung gellte: »Martha, abräumen und Schnaps her!« Das Weib lachte voll mütterlichen Stolzes: »Ein tolles Kind! Ganz die Mama! Wir wollen dann ein bißchen mit ihm spielen. Mögen Sie Kinder? Sicherlich. Alle Todeskandidaten mögen Kinder.«

Clemens fuhr zusammen. Was sollte dieses Wort, das ihn neulich schon entsetzt hatte? Er wollte gerade fragen, was sie damit meine, da trat die Alte herein, die ihm damals die Entreetür geöffnet hatte. Sie sagte auch heute nicht »Guten Tag«, warf ihm nur einen geringschätzigen Blick zu und räumte klappernd das Geschirr zusammen. Dann kam auch schon das Kind zurück. Es hatte sich mit einem Operationskittel kostümiert und schwang ein Küchenmesser in der Hand »Los! Jetzt spielen!« Milde verwies ihm die Mutter den Ungestüm. »Mußt doch den Onkel erst fragen, ob er mag!« »Quatsch! Die andern sind doch auch nicht gefragt worden!« »Was wollen wir denn spielen?« »Was wir immer spielen: erst Schlachtfest, dann Hinrichtung.«

»Was?« fragte Clemens erschreckt. Leicht gereizt durch die spielverderberische Begriffsstutzigkeit wiederholte das Kind: »Schlachtfest und Hinrichtung. Aber das Schlachtfest ist nur Spaß. Da wird bloß so getan, als ob. Ich bin der Schlächter, und Mama wird geschlachtet. Da braucht der Onkel bloß zuzusehn. Nachher ist er die Hauptperson.« »Ich sagte schon: wenn er mag.« »Aber die andern mußten doch auch! Los Mama, erst kommst du dran!« Und wirklich ließ sich die dicke Frau auf ihre Hände plumpsen und kroch plötzlich quiekend und spektakelnd auf allen vieren in der Stube herum, und das Kind, fett und vollgefressen wie sie, hetzte hinter ihr her, fing sie schließlich; prustend, schnaufend, quietschend balgten sich beide auf dem Fußboden herum, rangen miteinander, knufften, pufften, boxten sich, nichts wurde übelgenommen in diesem Gealber der beiden dicken idiotischen Tiere, des großen und des kleinen.

Plötzlich störte ein Zufall die natürliche Eintracht, fühlte das ältere Wesen sich in seiner Würde gekränkt, wurde anspruchsvoll ein Unterschied betont. Nach so vielen harmlosen gegenseitigen Mißhandlungen gab das Kind ebenso harmlos der Frau einen Backenstreich. Im Eifer des Spiels wurde er mit aller Wucht ausgeteilt, und schon holte die Frau zu einem Vergeltungshieb aus, lachte und war bereit, den etwas derber ausgefallenen Schlag wie alle andern Handgreiflichkeiten des Spiels mit guter Laune hinzunehmen. Da sah sie zufällig Clemens am Tisch sitzen und dann im Spiegel ihre Wange, auf der ein großer, roter Fleck anschwoll. Sie besann sich auf Eitelkeit, Vorrecht, Autorität sehr zur Unzeit. Was wie Spiel junger Hunde gewesen war, wurde ohne zwingenden Grund und ohne vorherige Warnung Ernst. Beleidigt stieß sie das Kind beiseite, das nicht wußte, was ihm geschah, richtete sich auf, schmollte mit tief gekränktem, schmierigem Tonfall: »Das Kind schlägt seine leibliche Mutter! Soweit mußte es kommen!« Keifte mit verdrehten Augen: »Dir wird die Hand verdorren, du ungeratenes Kind, du!«, als rezitiere sie hochdramatisch einen klassischen Fluch. Das Kind, das solches Theater nicht gewohnt war und sich nicht so rasch in Unvorhergesehenem zurechtfinden konnte, wollte sich den jähen Stimmungswechsel als eine besondere Überraschung im Spiel erklären, glaubte dem gelungenen Spaß ein extra lautes Krähen als Beifall schuldig zu sein, erhielt aber, aus allen Himmeln gefallen, von der gereizten Mutter ein paar ernst gemeinte Schläge, fing an zu heulen, nicht wegen der Schmerzhaftigkeit der Züchtigung, sondern wegen der unbegreiflichen Ungerechtigkeit, wegen des beispiellosen Verrats, von der Mutter plötzlich an ihm begangen. Nervös zischte sie: »Wirst du ruhig sein! Gleich setz dich ans Klavier und übe! Du betreibst das ohnedies so nachlässig.«

Weinerlich maulend versuchte das Kind sich zu verteidigen: »Ich habe doch heute schon geübt! Jetzt ist doch Spielzeit! Und wir haben uns ja immer so gebalgt, das gehört doch dazu, du hast mich auch braun und blau geknufft und blutig gekratzt ... und dann ist doch der Mann noch gar nicht dran gewesen ...«

Die Frau stampfte auf, sie konnte sich nicht mehr beherrschen, ihr Prestige stand auf dem Spiele, sie durfte sich vor Clemens nichts vergeben. »Du schweigst sofort und parierst. Verstanden! Desto schlimmer überhaupt, daß du dich vor dem Herrn so benahmst. Was muß er von uns denken!« Noch einmal versuchte sich das Kind zu rechtfertigen. »Er kommt doch nachher nicht mehr dazu. Vor den andern war es ja auch gleichgültig. Du hast doch selber immer ...« Rasend vor Wut schlug sie ihm auf den Kopf, zerrte es ans Klavier, hieb seine Hände auf die Tasten und herrschte es an: Üb, oder es geschieht ein Unglück!« Schluchzend, mit Fingern, die ihm vor Schreck nicht gehorchten, begann das Kind, stockend und fehlgreifend, den Chopinschen Trauermarsch zu spielen.

Clemens hatte sich in seiner Sofaecke immer mehr in sich hinein verkrochen. Er empfand Angst und Ekel gleichermaßen vor der hemmungslosen Range und vor dem hemmungslosen Weibe. Er vertrug nicht die unverschämte Lautheit von Kindern, nicht der Frauen arroganten Tumult. Noch mehr aber stieß ihn die schnell geglättete, zur Freundlichkeit verzerrte Miene ab, mit der sich die Frau ihm jetzt näherte, und der übertrieben sanfte Tonfall, der, Beifall heischend, ein überlegenes Vergessen und Vergeben markieren sollte: »Fabelhaft, wie ich mich zu beherrschen weiß! Nicht wahr?« Ihm bieder zunickend, ließ sie sich neben Clemens auf dem Sofa nieder, ergriff die Likörflasche und füllte zwei Gläser. »Auf Ihre Gesundheit!« flötete sie und ließ ihr Glas gegen das seine klingen, das er noch gar nicht in die Hand genommen hatte. Eigentlich grauste ihm vor dem starken Alkoholgeruch, der aus dem Glase aufstieg. Er hatte sich während der langen Krankheitszeit ganz entwöhnt, er hatte eine unbestimmte Angst davor und stammelte, er müsse danken, es wäre seiner Krankheit nicht zuträglich, und überhaupt müsse er sich jetzt empfehlen, der Herr Doktor warte sicherlich schon auf ihn, aber die Frau ließ ihn nicht, und gegen ihre entschloßne Zudringlichkeit kam er mit seinen wehleidigen Protesten nicht auf. So ergab er sich mit dem Vorbehalt: »Aber nur einen einzigen!« und tat ihr linkisch Bescheid. Und schon schenkte sie zwei neue Schnäpse ein, ohne seine heftige Widerrede zu beachten. »Das stärkt. Und Sie haben es ja nötig. Sonst klappen Sie mir nachher noch zusammen. Sie müssen doch was aushalten können!« Und animierte ihn mit ernsthaften und scherzhaften Reden, daß er wieder sein Glas kippte. Sengend rann ihm der Fusel die Kehle hinunter, es schmeckte so übernächtigt, katzenjämmerlich, aber die Frau trieb es in ihn hinein wie eine Medizin, die man unverzagt, möglichst rasch hinunterstürzen muß. Dabei machte sie sich auf dem Kanapee immer breiter, nahm, wie der Flegel im Eisenbahncoupé, immer absichtlicher allen Platz für sich in Anspruch. Clemens versuchte, noch schmaler zu werden, als er ohnedies war, bohrte sich fast in die Sofaecke hinein, wand sich, gab sich redliche Mühe, sie nicht zu berühren. Aber sie rückte ihm immer näher auf den Leib und fing an, ihn neugierig auszuforschen. »Was fehlt Ihnen eigentlich?« »Ich weiß es nicht.« »Ach! Hat Mutzchen Ihnen auch nichts gesagt! Er läßt immer im unklaren. Mir sagt er auch nichts. Er fragt nur und fragt nur.« Trotzdem stellte sie selbst jetzt Frage auf Frage, und ebenso unwiderstehlich gewann ihr Inquirieren Macht über Clemens, wie damals die strenge Prozedur, der ihn ihr Mann unterworfen hatte.

Obwohl sie im Gegensatz zu dem Arzt ganz beteiligt, eifrig, begierig fragte, nicht streng, sondern einschmeichelnd, liebenswürdig, vertraulich. Doch auch vor dieser Art gab es kein Entkommen, keine Schonung, kein Leugnen oder Ausflüchte machen, erst recht kein Widerstreben oder Schweigen, und des Kindes stümperhaftes Bearbeiten der Klaviertasten war wie das Klappern der Schreibmaschine, mit der die Invalidenuniform alles, was Clemens gestand, protokolliert hatte. Das Weib war so dicht als möglich an Clemens herangerückt, hatte ihre Hand auf seinen Oberschenkel gelegt, nun zwang das Geräusch des Klavierklimperns die beiden, sich beim Reden ganz nah zueinander zu neigen; die Frau flüsterte ihre erhitzten Fragen geradezu in sein Ohr hinein, das sie dabei mit ihrer Zunge berührte. »Sind Sie verheiratet?« »Nein.« »Haben Sie eine Geliebte?« »Nein.« »Dann gehen Sie zu Straßenmädchen? Wie ist es bei diesen? Was geschieht? Wie lieben Sie es?« Immer unbeherrschter, lüsterner, zynischer wurden ihre Fragen, dabei animierte sie ihn ständig zum Schnapstrinken, schon schüttete er automatisch einen Wodka nach dem andern in seine Gedärme. Es tat ihm wohl, unvorsichtig zu sein, er empfand ein boshaftes, selbstzerstörerisches Vergnügen dabei und wirbelte, seit Wochen enthaltsam und durch all die Hungertage für den Alkohol schlecht vorbereitet, in eine schlimme, unglückliche, gehässige Trunkenheit hinein. Sein Haupt war auf die Schulter der Frau gesunken, seine Antworten kamen nun auch ungeniert, verwegen, schrankenlos, schon übertrieb er wieder, wüstete, erfand Gemeinheiten, Schmutzereien, Ungeheuerlichkeiten.

Das Getuschel der beiden klang wie das unerlaubte Munkeln lasterhaft Verschworener; Hand, Wort, Blick war so klebrig, Schnaps klebte sie aneinander, und der Chopinsche Trauermarsch begleitete blasphemisch im richtigen Torkeln ihr klebriges Gelall. Die Maulhurerei schlug schließlich in Wehleidigkeit um, sie beweinten sich gegenseitig, Tränen tropften von einem auf Hand und Nacken des andern: »Ich bin von meinem Manne verraten und verkauft und verlassen!« – »Ich von meinem Arzte!« Der Schnaps schmeckte salzig, und der Trauermarsch paßte nun noch besser zu der Leichenbitter- und Klageweibermiene und zu dem heulenden Elend zweier Querulanten, die schwankend ihre Schiffbrüchigkeiten gemeinsam zu Grabe trugen. Sie schunkelten Arm in Arm im Takte hin und her und jaulten als Begräbnischoral todernst den Ulktext: »In der Wüste der Sahara ging der Jakob mit der Sarah ...« Des Weibes Gesicht war von den Tränen ganz verschmiert, das künstliche Schwarz der Augenbrauen und das Rot an Wangen und Lippen rann zu einem einzigen Schmutz durcheinander; Clemens glotzte mit trüb verschwimmenden Äuglein aus einem käsigen Gesicht und ließ die Unterlippe verblödet hängen. Das Kind aber hielt nun wieder seine Zeit für gekommen, nahm an der Tollheit auf kindliche Weise teil, schlug das Klavier wie eine Pauke, ritt auf dem Klavierschemel wie auf einem Schaukelpferd und plärrte, da es den richtigen Wortlaut nicht kannte, wahllos wilde Laute.

Mit einem Male schlürften Schritte nahe der Tür, wurde sie behutsam aufgeklinkt. Clemens, der, bei aller Trunkenheit, von Zeit zu Zeit immer noch auf seine Abberufung ins Ordinationszimmer hoffte, hatte die Schritte zuerst vernommen. Zum Glück war sein Glas gerade leer, er ließ es in seiner Rocktasche verschwinden und versuchte ein harmloses Gesicht zu machen. Noch ehe die Tür ganz geöffnet und jemand hereingekommen war, stotterte er mit Worten, die sich überstürzten: »Wir spielen gerade etwas mit dem Kleinen ...« Das Weib, das nichts gemerkt hatte, gröhlte bestätigend weiter: »Käm gelaufen jetzt ein Tiger ...«, und das Kind unterstrich mit Indianergeheul: »Bumm ... Bumm!« Es wand sich aber mit nichts ahnender, unverdächtiger Miene der Alte in der Invalidenuniform herein, machte behutsam hinter sich die Tür wieder zu, blieb einen Augenblick schnuppernd stehen, bis er die Schnapsflasche auf dem Tisch erspäht hatte. Wie ein Tier näherte er sich ihr zungenschnalzend und listig pfeifend, riß sie mit einem scheuen Ruck an sich und gluckste alle Flüssigkeit mit zitternder Gier in sich hinein.

Clemens hatte sich gleich erhoben, schickte sich an, zu gehen. »Läßt mich der Herr Doktor jetzt holen?« Der Greis achtete gar nicht auf ihn, warf die geleerte Flasche in eine Ecke und schnaufte befehlend: »Essen!« Die Frau, erst ärgerlich über die Störung, dann über den Flaschenraub belustigt, rief jetzt wie zu einem Hunde: »Kusch!« Da bückte sich der Greis, kroch winselnd unter den Tisch, saß dort mäuschenstill. Wieder fragte Clemens: »Soll ich nicht endlich hinübergehen?« Da antwortete ihm das Weib und hatte plötzlich den geringschätzigen Ton, in dem sie dem Alten befohlen hatte: »Es ist doch halb acht. Und die Sprechstunde längst vorbei. Für heute sind Sie entlassen.«

Aber die Trunkenheit machte den Clemens rabiat, er wollte durchsetzen, was er dumpf als Verlangen in sich fühlte, er schlug mit der Faust auf den Tisch und brüllte: »Das könnte euch so passen! So leicht werdet ihr mich nicht los. Ein Arzt ist kein Maurer, der mit dem Glockenschlage die Kelle hinlegt. Ein Kranker hat jederzeit Anspruch auf Hilfe. Ich muß auch außerhalb der Sprechstunde behandelt werden. Er versprach doch, mich zu rufen ...«

»Er wird vergessen haben.«

»Um so schlimmer für ihn. Erst recht ist er mir jetzt Genugtuung schuldig. Muß mich noch drannehmen. Wo steckt er überhaupt?«

So ungestüm machte Clemens bei diesen letzten Worten eine Bewegung auf die Tür zu, daß der Tisch umstürzte, das Likörglas der Frau zerscherbte und Greis und Kind, beinah von dem Möbel getroffen, zu schreien begannen. Das Weib jedoch beantwortete in unerschütterlicher Ruhe die letzte Frage mit einem abfälligen: »Er schläft.«

Clemens war im Zug, gar nicht aufgelegt, nachzugeben, glaubte den Worten der Frau schwerlich, hielt sie für Ausflüchte, forderte: »Man muß ihn wecken!«

Je aufgeregter er wurde, desto gefestigter, abweisender, ja ironischer war ihre Replik. »Er kann nicht geweckt werden.«

»Das wäre ja noch schöner! Ein Arzt, der nicht geweckt werden darf! Wenn die Nachtglocke läutet, wird er mitten in der Nacht aus dem Bett springen!«

»Die Nachtglocke läutet nicht.«

»Funktioniert nicht? Das sieht ihm ähnlich! Eine herrliche Wirtschaft. Man wird ihn auf den Trab bringen. Man wird die Polizei aufmerksam machen. Die Ärztekammer ...«

»Er hat niemanden über sich.«

»Wer ihn nötig braucht, wird sich den Teufel darum kümmern, ob es dem Herrn Doktor genehm ist. Er wird sich auch ohne Nachtglocke bemerkbar zu machen wissen. Der Herr Doktor werden schon einmal auf seine kostbare Ruhe verzichten müssen. Der Ungeduldige wird ihm kaum Zeit zum Ankleiden lassen. Der Herr Doktor wird ihm schon Rede und Antwort stehn müssen.«

»Desto schlimmer für den Betreffenden.« Der Alte und das Kind knurrten hinter dem umgestürzten Tisch wie Hunde. Die Frau machte der Diskussion ein Ende, indem sie an Clemens herantrat und ihm, so nah, wie vorher ihr verfängliches Geflüster, die Demütigung ins Ohr hineinsprach: »Schlafen Sie erst Ihren Rausch aus! In diesem Zustand können Sie sowieso nicht von ihm erledigt werden. Der Deliquent muß nüchtern sein.«

Mit einem Male hatte er den Mantel überm Arm, den Hut in der Hand, stand draußen auf der Treppe. Das Haus hielt den Atem an. Nur eine Katze tupfte mit bedächtigen Schritten die Stiegen hinauf, ein Stockwerk nach dem andern, bis unter's Dach. Clemens bekam es mit der Angst zu tun. Nun war auch das Licht ausgegangen. Er tastete sich zum Haustor hinunter, es war schon verschlossen. Noch einmal packte ihn alkoholische Wut. Man sollte hinaufgehn, Lärm schlagen, sich um jeden Preis Einlaß verschaffen. Zumindest ein Nachtquartier fordern, das wäre man ihm doch schuldig, wenn man ihn hinterlistig so lange aufgehalten hätte. Er grinste zynisch: wenn der Herr Doktor so unaufweckbar fest schliefe, wäre wohl ein Plätzchen bei der Frau Gemahlin frei. Da sah er für einen Moment unter schonungsloser Scheinwerferbestrahlung die Fratze der Vettel vor sich, die maskendicke Schminkschicht auf der Matronenvisage, und dann, wie eine Röntgenaufnahme, hinter der Fassade den Verfall, die Löcher, Risse, Runzeln, die ganze grausige Abbruchreife der übertünchten Ruine. War er einer Hexe ins Garn geraten? In panischem Entsetzen wollte er davonstürmen, rüttelte am versperrten Haustore. Auf einmal war er umstellt, kam die Angst von der anderen Seite. Wenn man ihn hier fände, einen Verdächtigen im fremden Hause, würde man ihn für einen Verbrecher halten, der sich einschlich. Kein Beteuern der Unschuld könnte helfen, die Arztfrau würde ihn bestimmt verleugnen. Und Clemens flüchtete, so leise als möglich, wieder nach oben.

Schon drehte sich der Schlüssel eines heimkehrenden Hausbewohners im Tor, Clemens zog seine Stiefel aus, sockte vorsichtig tupfend der Katze nach, Stiege um Stiege, ein Stockwerk nach dem andern, bis unters Dach. In einem Bodenverschlage lag er dann recht unsanft auf einer ausrangierten Matratze, deren eine Sprungfeder in seine Seite stach. Es fing an zu tröpfeln und richtete sich nach und nach zu einem gleichmäßigen dicken Strichregen ein. Das Dach hatte Lücken, hier und dort drang das Wasser durch, es war ein Auftropfen, Plätschern, Rauschen um Clemens, als läge er unterm Niagarafall seines tropischen Urwaldstromes. Die Klebrigkeit der Schnapsorgie, der Dreck des Gezänkes mit der Arztfamilie wurde abgewaschen und weggespült, o Glück, wenn dies die Sintflut wäre und Clemens und die Katze allein in der Arche Noah dieser Dachkammer sie überlebten! Ihm brannte die Kehle, brannte vor Freude über seine Rettung, brannte von der Glut seiner zweiten seligen Präriefahrt, brannte wohl auch von dem leichtsinnig geschluckten vielen Fusel. Clemens erinnerte sich, grub das beiseite gebrachte Schnapsglas aus der Rocktasche, hielt es unter einen Ritz im Fachwerk, fing das Regenwasser auf und trank in tiefen Zügen, in seinem phantastischen Wahn Wolkenschmutz für himmlischen, reinigenden, verjüngenden Nektar nehmend.

In der Nähe lag, ohne daß Clemens es merkte, die Katze auf der Lauer, fing eine zierliche Maus, vergnügte sich stundenlang im grausamen Spiel mit deren Todesängsten. Clemens schlief trotz des unbequemen Lagers, ermattet von der Bahnfahrt, den Aufregungen und dem Alkohol, ganz in Schlaf eingesackt, schnarchte laut, aber das störte die Katze nicht, die dieses Geräusch längst als gleich unschädlich wie Regengeplätscher und Rütteln des Windes an den Bodenluken erkannt hatte, und half auch nicht dem kläglichen Todeskampfe des armen Mäusleins.

Zerschlagen, abgespannt, verkatert erwachte Clemens ziemlich zeitig am Morgen durch die Kälte, die ihn rings umfloß. Von dem anhaltenden Regengusse mußte auch die Bedachung über seinem Lager schadhaft geworden sein, das Wasser war eingedrungen und hatte in der Grube der alten Matratze eine Lache gebildet. Kleinmütig und kummervoll kroch der Triefende aus seinem Unterschlupf, schüttelte sich wie ein Hund, der unfreiwilligem Bade entrann, horchte ins Treppenhaus, ob sich schon Leben rührte, und stieg, da er Türenschlagen, Bewegung, ein undeutliches Stimmgewirr vernahm, hinunter.

Vollkommen verflogen, ausgetilgt war der überhitzte Trotz von gestern abend. Nicht zu fordern und aufsässig zu werden, stand ihm zu. Demütig und reumütig kroch einer zu Kreuze, der nur um ein bescheidenes Plätzchen am Ofen, sich trocknen und wärmen zu dürfen, betteln kann.

Auf dem Treppenflur vor der Arztwohnung drängte sich eine lange Kette dürftiger, zerlumpter, verwahrloster Gestalten. Verbrauchte Kreaturen, menschlicher Unrat und Verfall, wahrscheinlich die Armenpraxis, dachte Clemens, und wollte sich ergeben ihrer Schar anschließen, als Letzter in die Reihe schlüpfen. Aber als er versuchte, unauffällig an den Vorderen vorbeizukommen und sich hinten in der Schlange der Wartenden ein Plätzchen zu sichern, wurden einige aufmerksam, zeigten den andern diesen totenfahlen, verdächtigen Kerl, der da gespenstisch sich herumdrückte, wie eine Wasserleiche eine triefende Spur hinter seinen Schritten nachzog. Man wandte sich gegen ihn, wollte so eine unglückverheißende Erscheinung nicht dulden, suchte, ihn zu vertreiben, mit Gelärm und hetzenden Zurufen wegzujagen wie ein räudiges Tier.

Krüppel schlugen ihre Stelzen gegeneinander, Taubstumme fauchten ihre unartikulierten Wutlaute wider ihn, eine Blinde ließ sich die Richtung weisen, und spuckte nach ihm aus. Anzurühren wagte dies gefährliche, schlüpfrige, nicht zu ihnen gehörende Wesen niemand, desto lauter gellten die Stimmen, den Störenfried durch die Macht des mißtönigen Gebrülls hinwegzuscheuchen. Das ganze Haus hallte wider von dem Gebelfer der erregten Meute, entrüstete Mieter öffneten in jedem Stockwerk die Türen, da stürzte auch die Arztfrau heraus, nachzusehen, wie solche Disziplinlosigkeit in eine sonst geduldige Herde Schlachtvieh fahren konnte.

Als sie den ganz veränderten Clemens erspähte, der sich verschüchtert, ängstlich, widerstandsunfähig in den äußersten Treppenwinkel verkrochen hatte, lachte sie triumphierend auf, packte ihn wortlos bei der Hand, zog ihn in den Wohnungskorridor hinein, warf die Tür wieder hinter sich zu, indes draußen der Lärm jetzt abebbte und die armseligen Kranken, sobald der Gegenstand ihrer Beunruhigung ihren Blicken entzogen war, sich wieder wie Tiere zufriedengaben. Beschämt schlich Clemens hinter der Frau her, die jetzt in der Frühe, noch ungeschminkt und nicht zurechtgemacht, wie eine Hexe aussah, mit pockennarbigen, schmutzig grauen Hängewangen, in einer verschmierten Nachtjacke von keinem Korsett gestützte Brüste teigig schlenkernd. Clemens merkte das freilich nicht, er war zu sehr mit seinem eignen Elend beschäftigt und über seine eigne Niederlage zerknirscht. Schweigend führte die Frau ihn bis in die Küche, wo bereits ein Feuer im Ofen prasselte und vom Herd aus ein labbriger Kaffeegeruch reizte. Dort drückte sie ihn auf eine Fußbank, pflanzte sich drohend vor ihm auf.

»Ist es endlich so weit mit dir? Dacht' ich mir's doch! Wie siehst du denn aus? Einfach ins Wasser gesprungen? Wie? Die simpelste Lösung freilich. Du dachtest, bequem wegzukommen. Wenn das nur so ohne weiteres ginge! Der Mut hielt wohl nicht an? Wasser hat keine Balken. Die Jahreszeit ist auch noch nicht danach, wenn man ohnehin verzärtelt ist. Nachher ist Mutter wieder gut dazu, den Schaden zu reparieren!«

Clemens merkte gar nicht, daß sie ihn plötzlich duzte, er hörte überhaupt nicht, was sie im einzelnen sagte, er war ja noch so müde, und die Monotonie ihrer Vorwürfe ließ ihn fast einschlummern. Da riß das alte Kommando »Zieh dich aus!« ihn endgültig aus seinem Dämmern. Er hatte inzwischen so viel durchgemacht, daß er sich nicht mehr genierte. Mechanisch streifte er die durchnäßten Kleidungsstücke ab, stand nackt am Ofen, noch schmäler waren seine Schultern geworden, noch dünner Arme und Beine, aber es war keine Beschämung und Schande mehr dabei, und auch die Blicke der Frau glitten gleichgültig, unpersönlich über seine Gebrechlichkeiten hinweg, hatten ihn als Partner aufgegeben. Dann hüllte sie ihn in ein Wolltuch und hieß ihn sich am offnen Ofenfeuer erwärmen, ging hinaus und kehrte mit Kleidungsstücken wieder: einem dicken wollenen Weiberrock und einer knallroten Bluse mit altmodischen Puffärmeln.

Als Clemens so seltsam ausstaffiert war, goß sie ihm eine Tasse heißen Kaffees ein, einer undefinierbaren, wolkigen Brühe, die dem Ausgelaugten und Durchfrorenen doch mundete, ließ ihn seinen Heißhunger an ein paar Scheiben trocknen Brotes stillen, und begann dann eine ganz sachliche geschäftliche Unterredung. Auf einmal war die Anrede wieder ›Sie‹. »Sie haben übrigens Glück im Unglück. Kommen wie gerufen. Meine Martha ist verschwunden. Sie erinnern sich wohl, daß sie das Geschirr abräumte, den Likör brachte. Seitdem fehlt jede Spur von ihr. Ich hatte zwar noch keinen männlichen Dienstboten; aber wenn Sie sich's zutrauen, will ich's mit Ihnen versuchen. Ich nehme an, ich komme Ihnen damit entgegen. Sie dürften Matthäi am letzten sein. Es ist immerhin ein kleiner Aufschub. Und Sie sind im Haus, Mutzchen kann Sie besser beobachten, hat Sie ständig unter Kontrolle. Allerdings ist Ihre Stellung mir gegenüber verändert. Auch dem Kind gegenüber. In die Privatzimmer werden Sie nur noch in Ausübung Ihres Berufes kommen. Vertraulichkeiten sind ausgeschlossen. Was gestern war, müssen Sie vergessen.« Aber da es ihr schien, daß er zu traurig dreinblickte, fügte sie schnell etwas frivol hinzu: »Womit nicht gesagt ist, daß ich nicht zu Ihnen in die Küche kommen darf. Und der Wodka wird nicht kontrolliert.«

Clemens nickte müde.

Sie öffnete den Schrank. »Sind Sie einverstanden? Dann bekräftigen wir den Dienstvertrag.« Sie holte eine neue Flasche Schnaps heraus.

Clemens war ihr dankbar, daß es diesmal Kognak war. Er hatte sich zwar gelobt … Doch: Geschäft ist Geschäft. Sie stießen an. Dann zeigte sie ihm seine Schlafstelle, das enge »Mädchengelaß«, das mit dem schießschartenschmalen Fenster wie ein Hundeloch zwischen Speisekammer und Abort geklemmt war und von beiden das Aroma bezog. Das Bett war ungemacht, an der Wand hing ein billiger Spiegel, wie man ihn in Zehnpfennig-Bazaren kauft. Die Frau mußte sich wohl drin gesehen haben, denn sie murmelte plötzlich resigniert: »Eigentlich sind wir uns ziemlich ähnlich, haben einander nichts vorzuwerfen.«

Sie traten wieder in die Küche. Die Stimme der Frau hatte noch einmal die offizielle Frostigkeit. »Natürlich muß die Distanz gewahrt werden. Dienst ist Dienst. Selbstverständlich human, völlig human! Sie haben es übrigens nur mit mir zu tun. Das Haus führe ich; Mutzchen ist da gar nicht vorhanden. Wenn ich Sie brauche, läute ich. Ich lege Wert darauf, prompt bedient zu werden. In der Sprechstundenzeit müssen Sie den Patienten öffnen. Das ist alles. Ich hoffe, es wird zu unser aller Vorteil sein. Ich werde Sie übrigens Martha rufen. Wir alle sind so daran gewöhnt. Und Sie dürften wohl über jede menschliche Eitelkeit hinaus sein.«

Wieder nickte Clemens, willenlos, wie im Traum. Die Tür wurde halb geöffnet. Das Kind, im Hemd, barfüßig, guckte herein, schrie erstaunt auf. »Was soll denn gespielt werden? Ich will auch mittun.« Die Frau sagte kurz angebunden: »Das ist kein Spiel für dich! Die neue Martha! Mach, daß du dich anziehst!« und schleppte das Kind, das sich noch einmal umdrehte und »Onkel Martha!« johlte, mit sich fort.

Halbwach nur, traumwandelnd, immer von einem leichten Nebel umgeben, verbrachte Clemens die nächsten Tage. Kroch in der Küche herum; sobald er vergaß, den Rock zu heben, trat er sich drauf und stolperte. Das Gewand steckte an. Schon sang er unwillkürlich die sentimentalen Hofelieder im weinerlich nasalen Tone der Dienstmädchen, wenn er wie sie mechanisch mit Geschirr oder Wäsche hantierte. Alles ging ihm gut vonstatten, als hätte er zeitlebens derlei Verrichtungen geübt. Er tat sie mit der unheimlichen Sicherheit eines in hypnotischen Schlaf Versetzten, ohne Bewußtsein, ohne Besinnung, als wäre er für einen kurzen Ferienaufenthalt in einer andern Existenz zu Gast.

Er sah nichts, hörte nichts. Aber wurde auf den Knopf gedrückt, reagierte sein Dienertum zuverlässig. Er kochte, buk, scheuerte, hielt alles instand, trug Speisen auf, räumte die Tafel ab. Klingelte das Weib, war er im Nu zur Stelle, diskret, geräuschlos. Und von fünf bis sieben Uhr nachmittags lauschte er auf die Entreeglocke, öffnete, ließ eine undeutliche Gestalt, die schüchtern nach dem Herrn Doktor fragte, nach der andern ein, schob sie wortlos durch den dunklen Korridor in den Warteraum. Die fünf Frauen, die bei seinem ersten Besuch in dürftigen, altertümlichen Mänteln und seltsam verschlißnen, vorsintflutlichen Kapotthüten die Stühle besetzt hatten, waren immer wieder gekommen und von ihm eingelassen worden, aber sie senkten noch ihre Köpfe zur Erde, ohne aufzublicken, und erkannten ihn nie. Und niemals sah er in diesen Tagen den Arzt selber. Clemens hatte gefürchtet, von dem Kinde vor allem, vielleicht aber auch von der Frau in seiner ungewöhnlichen Stellung und Kostümierung verhöhnt und belästigt zu werden. Nichts dergleichen geschah. Die Frau übersah ihn ganz, ließ sich nur zu den unumgänglichen wirtschaftlichen Besprechungen herab. »Das und das ist zu tun. Hier ist Geld. So und soviel muß eingekauft werden. Morgen wird um die und die Zeit gegessen. Am Sonnabend werden wir Gäste haben. Verstanden? – Gut.« Ihre Stimme kam von sehr hoch oben her, ihre Augen schauten ihn gar nicht an. Das Kind wich ihm aus, schien sich vor ihm zu fürchten. Nur manchmal, wenn es nach dem Essen überfüttert neben der Mutter auf dem Sofa lotterte, wagte es, in ihrem Schutze, gebieterisch zu krähen: »Martha, abräumen!«

Eines Nachmittags gegen fünf Uhr schrillte draußen die Glocke besonders laut, anhaltend, rabiat. Ganz aufgeregt jagte ein kleiner, mit einem Pelz bekleideter Mann in den Korridor, drängte Clemens beiseite, schimpfte auf zu langsames Türöffnen, Rücksichtslosigkeit, Bummelei, wiegte zwischendurch in seinen Armen ein Bündel, das einem Säugling im Kissen glich, mit beruhigenden Schmeichellauten. Wurde dann wieder wild: »Was ist das für eine Wirtschaft? Wo ist der Arzt? Ich muß ihn sofort sprechen!« Clemens, immer noch im Bann seiner künstlichen Apathie, der Rolle, in die er sich, eignen Willen und eigne Verantwortung verlassend, geflüchtet hatte, blieb teilnahmslos, gleichgültig, öffnete dem Manne den dunklen Warteraum, in dem natürlich schon wieder die fünf unvermeidlichen Unglücksweiber hockten, und wollte sich seiner Gewohnheit gemäß ohne eine Antwort entfernen.

Schon hatte der Mann ihn am Kragen, schüttelte ihn und kreischte: »Hier geblieben! Und Auskunft gegeben! Oder ist man taubstumm? Wo ist der Doktor? Ich habe keine Zeit zu verlieren. Und lasse nicht mit mir spaßen! Man mutet mir doch nicht etwa zu, in dieser Höhle hier geduldig zu harren, bis es dem hohen Herrn beliebt? Diese fünf sauren Vetteln sehen mir ganz danach aus, als wären sie es gewohnt, warten zu müssen, und als pressiere es ihnen nicht mehr. Ich bin übrigens bereit, sie zu entschädigen. Mit jeder gewünschten Summe. Auch der Doktor wird sich nicht zu beklagen haben. Aber er soll sich endlich sehen lassen. Der Fall drängt. Es handelt sich um Leben oder Tod. Ach, mein armer, kleiner Jago! Der verfluchte Chauffeur hatte seine Augen, wer weiß, wo ...« Die unsympathischen Züge des Eiferers wurden plötzlich weich, der zänkische Mund bekam das rührend Wehmütige gekränkter Kinder, die bösen Augen verschleierten sich traurig, Tränen rannen über seine Wangen. Es war so erschütternd, den eben noch schwierigen, geifernden Mann jetzt zusammenbrechen, weinen zu sehen, daß sich in Clemens schon etwas von seiner künstlichen Erstarrung zu lösen begann. Als hätte der Mann das gemerkt und wollte die für ihn günstige Stimmung ausnützen, drängte er sich näher an Clemens, hob das Tuch ein wenig von seinem Bündel und zeigte den Kopf eines Hundes, der da mit geschlossnen Augen und schmerzlichem Gesichtsausdruck lag. »Kann man so etwas im Stich lassen? Sehen Sie selbst! Er hat mir vor einem halben Jahre das Leben gerettet. Ich erzähle Ihnen das einmal ausführlich. Aber jetzt muß rasch etwas geschehen. Bringen Sie mich doch zu dem Arzt!«

Clemens war wie einer, der aus schwerer Ohnmacht sich langsam zu wirklichem Erwachen zurückzwingt. So sehr war er mit dieser eignen mühseligen Auferstehung beschäftigt, daß er jetzt doch eine Antwort gab, aber ganz geistesabwesend die nüchterne, voll konventioneller Anmaßung: »Das hier ist kein Tierarzt.«

Sofort verfiel der kleine Mann wieder in seine ursprüngliche Wut, vergaß Kummer, Mitleid, Tränen, fuchtelte mit der Faust. »Dünkt ihr euch was Besseres? Seid nicht zuständig, wie? Der Herr Doktor soll überhaupt erst mal beweisen, daß er ein Arzt ist. Wenn er einer ist, bleibt es sich gleich, welcher Kreatur geholfen wird. Aber helfen muß man können, das ist die Sache! Jago hat nur mich, kann sich nur auf mich verlassen. Er hat mir, wie gesagt, das Leben gerettet; wer weiß, ob Ihr Herr Doktor das kann!«

Clemens war immer noch nicht ganz aus seiner dumpfen Verzauberung gelöst. So hörte er des andern Rede nicht zu Ende, sondern erwiderte automatisch auf den vorletzten Satz: »Und Sie haben wohl auch nur ihn: Jago? Die Sache ist am Ende auch nicht so uneigennützig!« Da explodierte der Mann geradezu, ging tätlich auf Clemens los. »Feiger Hund du, hinterhältiger! Das mir! Woher nimmst du den Mut, Mutlose zu höhnen? Bist du selber so keiner Hilfe bedürftig, daß du die Hilflosen schmähen darfst? O Jago, wohin sind wir geraten! Kann man sich von einem Arzt etwas versprechen, der einen so unmenschlichen Dienstboten hat? Dieser Satan von Weib läßt uns hier zugrunde gehn, ehe er uns überhaupt seinem Herrn vorstellt. Teufelsvettel, willst du uns endlich zu deinem Ausbund von Doktor führen, damit wir wissen, woran wir sind!« Sei es, daß er aus seiner Ohnmacht erwachte und allzusehr von Schmerzen gepeinigt wurde, sei es, daß er seinen schreienden Herrn in Gefahr glaubte und ihm helfen wollte: plötzlich fuhr der kranke Hund kläffend aus dem Kissen, in das er gebettet war, und biß Clemens in die Hand.

Da war Clemens aus seinem unwürdigen Maskendasein erwacht. Hatte er bisher seinen Kleidern gemäß unwillkürlich mit Weiberstimme gesprochen, stieß er jetzt einen männlichen Schrei aus. Die fünf Frauen flatterten wie erschreckte Hühner ängstlich auf einen Haufen zusammen und gackerten Bedauerndes. Er aber, mit wütend gegen sie geschüttelter Bluthand, gebot ihnen Schweigen. Er stieß die Tür zum Ordinationszimmer auf, schob den Mann mit seinem Bündel hinein, nickte dem Hunde freundlich zu: »Dank, Jago!« und rief mit weckender, jugendlich fanfarender Stimme: »Doktor! An die Arbeit!« Schritt dann durch den Korridor, laut hallte sein beschwingter Gang durch das Wohnzimmer, wo die Frau verdauend auf dem Sofa schnarchte, das fürchterliche Kind mit Bleisoldaten Krieg spielte, des andern Rede »Damit wir wissen, woran wir sind« wehte wie eine Fahne vor ihm her. Unbegreiflich war ihm jetzt sein hilfloses Abwarten, unbegreiflich, daß er so zermürbt sich seines Willens begeben, für eine Weile dürftiger Sicherheit auf ihn verzichtet hatte, aus ihm herausgetreten war, wie aus einem Zufallsasyl, das man je nach Bedarf verläßt und wieder aufsucht. Er schämte sich, schämte sich unsagbar, wand sich vor Scham, aber mehr und mehr wurde die Scham Haß, Festigkeit, Kampfeswille. »Es ist doch noch nicht zu spät! Auch mir soll er sich nicht mehr entziehn. Auch ich werde wissen, woran ich bin.« Er riß einen Fetzen der Bluse los und verband seine Hand. Dann ging er ins herrschaftliche Schlafzimmer, nahm aus des Arztes Schrank einen Anzug, zog das Weibergewand aus, nahm vom Herrn Doktor noch Oberhemd, Kragen, Krawatte, rasierte sich, besprengte sich mit dem Parfüm der Frau, war nun wieder ein Mann, sogar ein feiner, schmaler Herr mit den leicht morbiden Zügen einer noblen Degeneration. Die Frau hatte ihre Handtasche auf dem Bücherregal liegen lassen, Clemens entnahm ihr guten Gewissens hundert Mark, aus der Speisekammer eine der nicht kontrollierten Flaschen Wodka. Er machte übrigens aus seinem Verschwinden keinen Hehl, wieder durchschritt er laut das Wohnzimmer, die Frau schnarchte noch auf dem Sofa, das Kind sah von seinen Soldaten nicht auf. Er öffnete sogar die Tür zum Warteraum und schaute hinein. Gottergeben hockten da noch, die Köpfe in die Hände gestützt, die fünf vorsintflutlichen Weiber, alles war richtig. Clemens nickte ingrimmig: »Morgen wird Schluß gemacht«, warf die Entreetür extra laut zu. Unten kauerte, zwischen Haustür und Wand, ein Häufchen Menschenunglück. Clemens rührte es an. Der kleine Mann im Pelz hob seine verstörten, verzweifelten Augen zu ihm auf. Clemens wies auf das Bündel, das neben dem Manne lag. Der nickte. Ohne ausgesprochen zu werden, machte das Wörtchen »tot« für einen ewigen Augenblick die Luft eiszeitkalt. Clemens streichelte den erstarrten Hundeleib, der wie ein hölzernes Stück aus dem Bündel heraushing, der Mann die verwundete Hand von Clemens. Dann zog Clemens die Flasche Wodka aus der Tasche und gab dem Manne, wie einem Erschöpften, zu trinken.

Arm in Arm, beide gleich traurig und zornig, wankten sie die Straße hinauf. Der Mann hielt das Bündel an sein Herz gepreßt, sprach undeutlich Vorwurfsvolles, Zärtliches, Verspieltes zu dem toten Jago. An der Ecke stand eine Blumenfrau, Clemens kaufte einen Rosenstrauß. Dann fiel ihm etwas ein, er hieß den Mann warten, sprang zurück, kehrte bald wieder, eine Tüte in der Hand, öffnete sie: »Stückzucker.« Sie bogen hinter Kohlenhöfen zum Ufer ab, standen auf einem Steg für Wäscherinnen. Behutsam wurde das Bündel hingebreitet, ans Halsband kam die Zuckertüte, in erreichbarer Nähe der Schnauze, die kraftlos herabhing. Dann streuten sie die Rosen über den ganzen Kadaver. Der Mond trat groß aus den Wolken hervor, als sie die Tücher fest verknoteten, das Bündel hermetisch schlossen und behutsam ins Wasser legten. Langsam glitt es die silberne Straße auf das Gestirn zu. »Ade, Jago!« schluchzte der kleine Mann. »Keine Gnade!« fluchte Clemens. Da schlossen die dunklen Wolkenportieren sich schon über Jagos Himmelfahrt.

Arm in Arm schwankten die beiden zur Straße hinauf, in belebtere Gegenden. Sahen trotzig und zu allem fähig aus, sogar zwei Sipos traten vom Trottoir herunter und waren in ein sehr wichtiges Gespräch vertieft.

Clemens brach zuerst das Schweigen, seine Stimme klang rauh, kratzig, unfrei. »Bleibt nur noch der Trauersalamander. Bei Menschen, besonders in verwandtschaftlichen Fällen, nennt man's: das Fell versaufen. Der Pastor, der am Grabe so ergreifend sprach, schließt sich nicht aus. Man muß die Feste feiern, wie sie fallen, und nichts Menschliches ist einem fremd. Die Kapelle intoniert einen flotten Marsch und lädt den Begräbnisverein mit einem lebensfrohen Tusch am Klublokal ab. Getraute man sich noch ein Tänzchen, wäre es von Hochzeit nicht zu unterscheiden.«

Der kleine Mann fühlte den Galgenhumor, die blutende Bitterkeit in dem, was Clemens sagte. Ihm war, als wäre Clemens jetzt sein Jago. Er tat ihm den Willen und ging mit ihm in die nächste Kaschemme. Der übliche, ungemütlich kahle Raum war, noch von einem früheren Feste her, mit Papiergirlanden geschmückt, beleuchtet durch eine milchig trübe, trostlose Gaslampe, an der ein unappetitlicher Fliegenfänger baumelte. Die Tische dieses öden Lokales waren unbesetzt. Am Büfett standen im Gespräch mit dem hemdsärmligen Budiker zwei Straßenmädchen der niederen, billigen Sorte, die dieser Proletariergegend entsprach, und ein mit schäbiger Eleganz, auffallend bunt gekleideter, sich in den Hüften wiegender Jüngling: weibisch schlaffe Züge, stark geschminkt, gekräuselte, mit schlechtem Parfüm getränkte Friseurgehilfentolle.

Clemens bekam von ihm einen teils schmachtenden, teils prüfenden Blick, die andern kümmerten sich nicht um die neuen Gäste, die an einem Tische Platz nahmen. Erst nach längerer Zeit ließ sich der Wirt herbei, ihre Wünsche zu erkunden. Clemens, in seiner seelischen Unsicherheit und Zerrissenheit, machte ihn gleich überschwenglich zum Vertrauten. »Bringen Sie uns den besten Wein, den Sie haben! Wir feiern nämlich ein Begräbnis, begießen einen lieben Toten. Als selige Erben. Halb weinenden, halb lachenden Auges. Sie verstehen? Das heißt: morgen fängt für uns ein neues Leben an!«

Der Wirt wußte Bescheid. Auch die drei am Büfett wurden bei so lärmender Verkündigung aufmerksam. Gewinnsucht macht hellhörig, ein bessrer Fang als so desperate Selbstmordkandidaten läßt sich kaum denken. Der im Pelz soll sich nicht umsonst hier herein verirrt haben. Aber auch der Klapprige, Schieche, in der Kluft, die ihm nicht paßt, ihn grotesk umschlottert, sicher nicht für ihn gearbeitet ist, verhieß allerlei. Übrigens schien er die Kasse zu führen, er bestellte jedenfalls. Er hatte wohl auch mehr auf dem Kerbholz, denn er schwätzte immerzu, hatte das Bedürfnis, sich sprechen zu hören; wahrscheinlich würde es ihm nicht mehr allzu lange vergönnt sein. Aber was ging das sie an: Grete, »die Zigeunerin«, die rote Lotte und Kurt Kaschmirowski, den Eingeweihten als »die lange Emma« bekannt. Sie hatten sich's abgewöhnt, sich in andrer Leute Angelegenheiten zu mischen, was ich nicht weiß, macht mich nicht heiß, Geldsachen sind Geldsachen, ihren privaten Verdruß hat die Kundschaft mit sich selber auszumachen. Kurtchen pfiff leise vor sich hin und schloß fachlich begutachtend: »Klappsmühle!«

Der Wirt brachte den Wein, schenkte ein. Setzte den verstaubten Strauß künstlicher Blumen, der schon wer weiß wie lange am Büfett stand, auf den Tisch der seltenen Gäste. Wünschte: »Zur Gesundheit!« Gleich lachte Clemens hysterisch auf. »Leicht gesagt: Zur Gesundheit! Wenn der Arzt nicht verrät, was los ist. Wenn man vergessen wird. Wenn man in seine Krankheit eingesperrt ist wie in eine Gefängniszelle. Die wird nie geöffnet, es kommt nie zur Verhandlung, kein Gericht erinnert sich mehr an den Fall. Schließlich fühlt man sich selbst wie zu Hause, vergißt selbst darauf, macht sich keine Hoffnung mehr.«

Die drei Personen am Schanktisch horchten sehr interessiert hin. Vor allem die rote Lotte: ihr konnte nichts mehr geschehen. Der Wirt mißverstand: »Und plötzlich ist der Tod da! Das ist bei mir auch schon passiert. Das heißt, ich habe sonst sehr ordentliche Kundschaft, ruhige, gesetzte Leute. Aber einmal ist keinmal. Wie das so kommt, der Dahms und der Krafack kriegen plötzlich Streit. Saßen stundenlang vorher zusammen und trudelten Steinhäger aus. Plötzlich haben sie sich an der Kehle, und der Krafack zieht ein Messer und sticht zu. Hätte sich gleich ein Arzt gefunden, wäre der Dahms noch zu retten gewesen. Als endlich einer kam, war es natürlich zu spät.« Er schüttelte in Erinnerung versunken den Kopf. »Ein sehr guter Gast war er gewesen, der Dahms. Schade um ihn!« Die drei am Büfett bestätigten: »Ein tolles Aas! Wenn er richtig im Dschumm war, fraß er das Glas mit. Ein ganz großes Weißbierglas! Einen Straußenmagen hatte er.« Und die rote Lotte, die sich als Älteste was herausnehmen durfte, fügte anzüglich hinzu: »Und er ließ sich nie lumpen. Wenn er Geld hatte, ließ er auch was springen. Und hielt das ganze Lokal frei!« Aber der Wirt, der die Situation noch für verfrüht erachtete, schloß abwiegelnd: »Er hatte auch seine Zeiten, wo er ganz für sich allein trank und niemand ihn stören durfte. Wer hätte sie nicht? Jeder ist mal besser, mal schlechter aufgelegt.« Damit zog er sich wieder diskret hinter den Schanktisch zurück.

Kurt Kaschmirowski wollte es auf andre Weise versuchen. Er ging zum Klavier, setzte sich in Positur und spielte mit schwungvoll tragischen Gesten auf dem verstimmten Klapperkasten »Madonna, du bist schöner ...« Der kleine Mann im Pelz rückte näher an Clemens heran, lehnte das Haupt an seine Schulter und flüsterte: »Es war eine verfehlte Idee, hier herein zu gehen. Wir haben solche gewaltsame Kuren nicht nötig. Ich will dir einen Vorschlag machen: wir lassen den Rest in der Flasche den armen Teufeln hier und gehn zu mir hinauf. Es ist nicht mehr weit. Dort sind wir ganz ungestört. Der alte Diener und die Wirtschafterin sind noch von meinen Eltern übernommen. Sie sehen und hören nur, was sie sehen und hören sollen. Es ist noch gute, alte Dressur. Ich könnte jetzt, ohne Jago, sowieso nicht allein nach Hause zurückkehren. Wir bleiben diese Nacht wach. Ich zeige dir Bilder von Jago. Ich habe auch einen guten alten Haute-Sauternes. Und morgen wird den ganzen Tag über geschlafen. Denn natürlich bleibst du für immer bei mir. Der Himmel hat dich mir für Jago geschickt!«

Clemens bekam es mit der Angst zu tun. Er erinnerte sich einer verteufelt ähnlichen Situation. Das Weib des Arztes hatte ihn ganz in die Sofaecke gedrängt, klebte fast an ihm, vertrauliches Getuschel kitzelte sein Ohr, stümperhaft drosch das Kind auf den Tasten, Alkohol hatte auch auf dem Tisch gestanden, und schließlich war alles in salzige Wehleidigkeit und Leichenbitternis ausgelaufen. Er fürchtete sich davor, solch kläglichen Schiffbruch noch einmal durchzumachen. Gefährlich anspruchsvoll schien ihm der Pelzmann. Er löste dessen Hand von seinem Knie und rief dem Klavierspieler übertrieben laut zu: »Bravo! Bravo! Darf ich den Herrn vielleicht bitten, uns ein wenig Gesellschaft zu leisten? Und auch Sie, Herr Wirt, und die beiden Damen, wenn Sie nichts Beßres vorhaben sollten!«

Der Wirt hatte die vier fehlenden Gläser schon in der Hand, der Jüngling schob eifrig seinen Klavierschemel an den Tisch heran. Grete saß auch gleich neben dem Pelzmanne. Die rote Lotte mimte als die Erfahrenere zuvor etwas Herablassung: »Eigentlich hatte ich in zehn Minuten ein Rendezvous. Ach was, man darf die Jungens nicht verwöhnen. Soll er mal warten lernen!« Dann erst geruhte sie, hoheitsvoll ihre überjährigen, abgestandenen Reize neben Clemens hinzubreiten. Ermutigt durch die Anwesenheit der drei, wagte Clemens jetzt, sich dem Manne im Pelz zu widersetzen. »Ich finde es hier sehr schön! Und ich möchte heut überhaupt nicht mehr nach Hause gehn. Weder so, noch so. Man muß sich betäuben. Nicht wahr, meine Damen?«

Die beiden Frauen, und auch der Jüngling, als rechne er sich zu den »Damen«, stießen begeistert mit ihm an. Dann bemächtigte sich Grete, die Zigeunerin, – sie war natürlich gar keine Zigeunerin, sondern ein oberschlesisches Dienstmädchen, das wegen seiner braunen Hautfarbe diesen Spitznamen bekommen hatte – energisch des Pelzmannes, der ein ganz trauriges Gesicht machte, als würde er im nächsten Augenblick hemmungslos zu weinen anfangen. Da sie die Gründe seiner Trauer sich nur in ihrer Interessensphäre vorstellen konnte, redete sie ihm wie einem kleinen Kinde zu: »Nicht mehr traurig sein, Papachen, nicht mehr dran denken! Hat sie dir der Himmel genommen – da kann man nichts dagegen machen. War sicher ein liebes Frauchen, mit einem hübschen Getue. Ja, ja, nichts ist für die Ewigkeit gemacht. Aber du lebst doch noch! Kopf hoch! Wer lebt, hat recht. Kannst ihr nicht zeitlebens nachjammern. 's gibt noch soviel andre Frauen, die auch nicht von schlechten Eltern sind. Und einem netten Manne ist jede gewogen. Wirst dich schon zu trösten lernen. Prost!«

Kurt Kaschmirowski, »die lange Emma«, hatte noch einmal eine günstige Geschäftschance für sich erhofft, als Clemens, dem Alleinsein mit dem Pelzmann zu entrinnen, ihn vom Klavier zitiert hatte. Nun aber legte die rote Lotte so betont Beschlag auf Clemens, daß Kurt lieber verzichtete. Mit ihr war nicht gut Kirschen essen, auch hatte er inzwischen instinktiv die Gewißheit, daß dieser Gast für ihn sowieso nicht in Betracht käme. Die rote Lotte, die eine Erfahrung von Generationen besaß und mütterlichen Gefühls alle Leiden erkannte, merkte sofort Kurts enttäuschtes Resignieren, wollte seiner Eitelkeit eine kleine Entschädigung gönnen und sagte: »Die lange Emma soll uns jetzt aber mal was Lustiges zum besten geben. Das ist Ihnen der geborene Komiker, meine Herrn. Der singt Ihnen ein Couplet, besser kann das die Stimmungskanone im ›Resi‹ auch nicht, und begleitet sich dazu noch selber auf der Drahtkommode. Na los, Emma, zier dich nicht erst lange! Ran an den Speck! Straf mich nicht Lügen, sondern zeig, was du kannst! Hast doch heut ein kunstverständiges Publikum!« Auch Grete und der Wirt bestürmten ihn jetzt, als wäre es wirklich ihr Herzenswunsch, den schon hundertmal gehörten Klamauk zum hundertundersten Male zu vernehmen.

Da ließ Kurt sich erbitten. Nutzte erst die Situation aus, stellte als Künstler verwöhnte Ansprüche: einen französischen Cognac, ein großes Glas, brauche er, um in Stimmung zu kommen, und eine Zigarette. Der Mann im Pelz war so mit sich und seinem Kummer beschäftigt, daß er gar nicht hingehört hatte, kaum wußte, was vorging. Da fuhr Grete in seine Taschen, suchte nach dem Zigarettenetui. Erwischte natürlich erst das Portefeuille, tat, als hielte sie es für eine Zigarettentasche, öffnete es, entdeckte ein paar Hunderter, sah triumphierend die rote

Lotte an: »Ätsch, ich habe auf die richtige Karte gesetzt!« Schloß die Brieftasche, steckte sie wieder an ihren Platz, suchte nicht mehr weiter nach dem Zigarettenetui.

Der Wirt hatte sie ohnehin schon verweisend angeglubscht, nun brachte er eine volle Schachtel »Memphis«, von denen Kurt sich gleich mit selbstverständlicher Gebärde neun in die Westentasche steckte, die zehnte anzündete, in den Mundwinkel klemmte. Er zog den Schemel wieder zum Klavier, wandte sich nach einem lärmenden Vorspiel, bei dem er sich fast ins Instrument hinein verkroch, brüsk herum und sein Gesicht den andern zu, legte mit affektiert näselnder Stimme und süßlicher Mimik los: »Wenn du nicht kannst, laß mich mal!« Clemens trank bereits feindlich, justament, gewaltsam Wein und Schnaps durcheinander, schaukelte auf seinem Stuhle, sang den Refrain laut mit. Als er unbeabsichtigt mit dem Knie an das Knie des Pelzmannes geriet, griff der weltverloren unter den Tisch, als wollte er ein Tier streicheln, und schmeichelte: »Kleiner, lieber Jago, du!« Da wurde Clemens ganz ausgelassen, fing auf einmal an, aus seinem Leben zu erzählen, aufdringlich laut, als beanspruche er die strikteste Aufmerksamkeit aller.

Kurt schluckte das Beleidigtsein hinunter, er war mitten in seiner Produktion unterbrochen worden, aber Clemens warf ihm protzig ein Zehnmarkstück ins leere Likörglas. Dann schwelgte er in den farbenprächtigsten Lügen, erzählte nicht sein Leben, wie es war, sondern wie es – seiner Meinung nach – hätte sein sollen, erschwindelte sich wenigstens vor diesem schäbigen Auditorium die Abenteurergloriole, die seinem Dasein in Wirklichkeit stets gefehlt hatte. Glaubte im Augenblick so stark an seine eigenen Märchen, daß er für alle Jahre der Entbehrung rasch noch entschädigt wurde. Das Mittelstandskind, das in einem zweifelhaften Handelsschulinstitut notdürftig Schreibmaschine, Buchführung und Stenographie gelernt hatte, mit Müh und Not in eine untergeordnete, unwichtige Subalternstellung gekommen war, hielt sich jetzt schadlos an den üppigen Kolportageerfüllungen einer lange unterdrückten Großmannssucht. In der ganzen Welt sei er herumgekommen, Stierkämpfer in Spanien, Zeitungskönig in Schweden, Filmheld in Amerika, Offizier der Wrangelarmee, Spion in China, Faschistenhäuptling auf Sizilien gewesen, bei jeder neuen Metamorphose und Standeserhöhung klatschten die vier Beifall, gingen erregt mit, als erlebten sie selber dergleichen. Nur als Clemens als letzten und saftigsten Triumph die Behauptung ausspielte, in Valparaiso sei er Mädchenhändler und Aktionär zweier gutgehender Hafenetablissements gewesen, machten die vier Galgengesichter schockierte Mienen, waren anscheinend verletzt, tauschten scheinheilige Blicke, daß Clemens einlenkte: das wäre natürlich nicht sein Ernst, vielmehr habe er dort eine Deutsche herausgeholt, die internationale Gauner im Wartesaal des Schlesischen Bahnhofs beschwatzt, mit einem ins Bier geschütteten Schlafmittel betäubt und nach Valparaiso verschleppt hätten.

Die vier kauten schwer an dem Namen der Stadt, von deren geographischer Lage sie gleich wenig Ahnung hatten. Dann erzählte Grete Imaginäres aus ihrer Zigeunervergangenheit und die rote Lotte Geschichten aus den neunziger Jahren, die vermutlich der Wahrheit entsprachen. Die »lange Emma« mußte immer wieder ein Stück spielen, auch wurde hastig getrunken, als gelte es einen Rekord. Eine ganze Batterie Weinflaschen stand schon geleert auf dem Tisch, und die Kreidestriche für die Schnäpse bedeckten fast die Schiefertafel neben dem Telefon.

Der Mann im Pelz war wortkarg geblieben, nur daß er im Trinken wacker mithielt und die Küsse der »Zigeunerin« nicht nur geduldig über sich ergehen ließ, sondern sich sogar inbrünstig, mit geschlossenen Augen an ihren Lippen festsog und wie ein Ertrinkender in ihre Schultern einkrallte, daß sie schmerzlich aufschrie.

Längst war die Polizeistunde überschritten, der Wirt hatte draußen die Läden heruntergelassen, man saß wie ein Konventikel Verschworner in Katakomben beim kümmerlichen Licht einer Kerze hinterm Büfett beisammen.

Endlich ließ Clemens in seiner Trinkfähigkeit sichtlich nach, rann auch bei Grete, Lotte und Kurt der Stoff nur noch mühsam. Der Wirt sah: man war am Ende, ein Mehr lohnte nicht weiter, sagte zur ›langen Emma‹ diplomatisch: »Na, der schöne Abend wäre auch rum! Nu spiel noch einen Rausschmeißer, aber ganz pianissimo!« und ging ins ›Privatkontor‹, die Rechnung aufstellen. Kurt markierte sehr gedämpft »Muß i denn zum Städtele hinaus ...« Lotte fragte, ob Clemens mitkäme, und erhielt ein gewalttätiges »Selbstverständlich!« zur Antwort. Grete flüsterte ergebnislos mit dem Herrn im Pelz.

Dann kam der Wirt mit der Rechnung. Clemens griff instinktiv in seine Tasche, aber der Mann im Pelz sagte: »Laß! Die Trauerfeier war doch wohl meine Sache!« und zahlte, indes Grete noch einmal die rote Lotte sieghaft anzublitzen versuchte. Dann standen die fünf auf der kalten Straße. Kurt Kaschmirowski plauschte noch endlos Unverbindliches, bis Grete dem Pelzmanne einen Wink gab, der einen Schein zog, sich für den musikalischen Genuß und die angenehme Gesellschaft bedankte. Kurt lüftete das steife Hütchen in weitem Bogen, machte eine tiefe Verbeugung, der Geldschein verschwand beiläufig in der Hosentasche, die ›lange Emma‹ war wie ein Nebelstreif um die nächste Ecke geweht. Blieben noch zwei Männlein und zwei Weiblein.

Ein letztes Mal versuchte der im Pelz sein Heil. »Ich schlage vor, zu mir hinaufzugehn. Es ist nicht mehr weit.« Nirgends fand er Gegenliebe. Grete hatte mit ihm natürlich Besonderes vor, aber auch Lotte glaubte besser abzuschneiden, hätte sie Clemens für sich allein.

Clemens hatte so viel getrunken, daß er anfing, sentimental zu werden. Deshalb wurde sein Abschied von dem Pelzmanne unwahrscheinlich herzlich. Er glaubte selber, was er verhieß: »Morgen bring ich die Sache mit dem Arzt ins reine. Dann komme ich zu dir, für immer!«

Aber der Pelzmann war nüchtern geblieben und strich dem Clemens wissend übers Haupt. »Armer Jago! Augen wie Jago, als man ihn mir brachte. Vielleicht wolln sie es selbst nicht besser … Armer Jago!« Da zerrte ihn aber Grete, die Zigeunerin, schon eifersüchtig mit sich, und auf der andern Seite riß die rote Lotte den Arm von Clemens in ihren Arm, knurrte: »Männer finden kein Ende!« Und hielt mit ihm vor dem ›Hotel Adria‹, Zimmer auf Wochen, Tage, Stunden. Sie drückte auf die Nachtglocke, schien hier schon gut bekannt, jedenfalls nickte ihr der Portier, der bald erschien, wohlwollend zu und sagte: »Zimmer neun, meine Dame, wie immer!« Sie stiegen hinauf.

Jetzt merkte doch Clemens, was er sich den ganzen Tag über zugemutet hatte. Er spürte Hunger und fragte, ob man hier nicht etwas zu essen bekäme, aber sie öffnete ihre Handtasche, »Gottlob, daß ich die Stullen noch habe!«, wickelte aus einer Zeitung ein paar dicke, mit

Schmalz und Rotwurst belegte Brote, die Clemens heißhungrig verschlang. Da erinnerte er sich, »Ich habe ja auch noch etwas!«, ging zum Mantel, holte die angefangene Flasche Wodka heraus. Es war kein Glas da. Clemens entsann sich dunkel, in einer früheren Nacht besser vorgesorgt und das Glas in der Tasche mitgebracht zu haben. Aber damals war andrerseits kein Schnaps dagewesen. Ihm fiel ein, daß er irgendwo gelesen hatte: »Bald fehlt einem der Wein, bald fehlt einem der Becher.« Er wurde immer trauriger und überließ sich hilfsbedürftig den Tröstungen der roten Lotte. Die trank aus der Flasche und gab ihm dann zu trinken, hielt ihm den Kopf, wie einem Kinde, das man mit der Flasche aufzieht. Ihm widerstand der viele Alkohol schon, aber je mehr er trinkt, desto mehr verflüchtigt sich seine Berauschtheit und geht in eine neue, ganz trübselige Nüchternheit über. Clemens sah sich von allen Seiten umstellt. Der so lange gefürchtete Augenblick, der einmal kommen mußte, war da. Alle Fluchtversuche blieben zuletzt vergebens. Man hob das Urteil nicht auf, verschob nur seine Vollstreckung. Auch die Maus hatte sich wohl in seine Wohnung bloß durchgekämpft, um einer Falle zu erliegen. Und der Arzt war ihm von vornherein bestimmt gewesen, wußte das, durfte sich Zeit nehmen, spielte mit ihm, wie die Katze mit der Beute. Der tote Hund konnte von dem Zucker nichts mehr fressen, hatte nichts vom Schmuck der Rosen, die man ihm mitgab. Das alles war unwahr und auch unehrlich, man wußte ja im Grunde Bescheid und versuchte nur, sich selber zu beschwichtigen. Einen Pelzmann findet man immer noch, das bleibt unverbindlich. Es beliebt dem Schicksal, grade in der schlimmsten Not sich noch einen Spaß mit einem zu erlauben. Und so eine rote Lotte pflegt ihre Dienste anzubieten, wenn es zu spät und man unwiderruflich bankrott ist. Aber man schwindelt sich gegenseitig etwas vor und tut, als merkte man nichts von der Unzulänglichkeit des Partners.

Clemens lag neben ihr im Bett, reglos, wunschlos, gestillt durch die Illusion, noch einmal ein Herz mit gleichem Takt nahe dem seinen schlagen zu hören. Er hätte diese kleine, spärliche Beruhigung eines letzten Aufschubs möglichst lange auskosten wollen und streichelte dankbar, ohne jede Begierde, das nackte Fleisch der alten Hure. Die aber mißverstand die ungeschickte Gebärde schüchterner Verbindlichkeit, hielt sich um das angegangen, was man gewöhnlich von ihr begehrte, und warf sich hilfsbereit über ihn. Und es war wieder wie beim Arzt: Entblößung, Vergewaltigung, Opferung, Tortur, Krampf, Gestöhn, Röcheln, Ohnmacht.

Aus dieser Betäubung erwachte Clemens durch die vielen Geräusche, die am andern Morgen auf den Gängen des Absteigequartiers laut wurden. Eine elektrische Klingel schrillte immerzu, überall wurden Türen zugeschlagen, gab es Gelächter oder Gezänk. Clemens blickte auf, er war allein, das Bett neben ihm leer. Als er sich angekleidet hatte und in der Rocktasche alles Geld vermißte, war ihm der Zusammenhang klar. Er nickte, der Verlauf der Dinge schien ihm völlig konsequent und alles in bester Ordnung. Dieser Abschied war leicht, machte das Herz nicht unnütz schwer.

Clemens öffnete leise die Tür, paßte einen Augenblick ab, da niemand sich im Gange aufhielt, und flüchtete, als habe er etwas verbrochen. Das Weitere lag nun klar vor ihm aufgezeichnet, nur Weniges blieb noch zu tun. An diesem Tage war die Entscheidung über seine Sache endgültig fällig. Diesmal würde sie ihm nicht vorenthalten werden, würde er sie im Guten oder mit Gewalt erlangen, das fühlte Clemens als gewiß. Einen Abschied galt es noch zu nehmen, für kurze Zeit oder für immer, den von seiner Wohnung. Sie wartete auf ihn, geduldig, zuversichtlich, trotzdem er so lange nicht an sie gedacht hatte. Sie wußte, er mußte sie noch einmal besuchen. Hatte man so lange miteinander ausgehalten, läßt man sich nicht über Hals und Kopf im Stich. Ehe Clemens sich das noch vernunft- und gefühlsgemäß auseinandergesetzt hatte, waren seine Füße längst automatisch in der richtigen Richtung losgewandert. Er hatte keinen Pfennig Geld bei sich, aber er wäre sowieso jetzt gelaufen. Es war wie eine Wallfahrt, Erfüllung eines heimlichen Gelübdes, die nur in wirklicher Pilgerschaft geschehen konnte. Ganz arm, namenlos unbeschwert durch irdische Schätze und Rücksichten, ging Clemens durch die brodelnde Großstadt dahin. Kam an der Kaschemme vorbei, in der der gestrige Abend begonnen hatte; die lag jetzt tot, vor der Tür war die eiserne Jalousie heruntergelassen, und im Schaufenster standen nur staubig und frostig die beiden Blumentöpfe mit den grellbunten Papiermanschetten und das Plakat der

Weißbierfirma Landré, die Batterie Likörflaschen war noch nicht hineingestellt, auch nicht die Schüssel mit dem bläulich lockenden Kartoffelsalat und der Teller mit den kalten Bouletten, und an der Schnur hingen noch nicht die rötlich-fahlen, verrunzelten Bockwürste. Ungerührt ging Clemens vorüber, auch an der Villa des Pelzherrn, die noch ganz verschlafen, durch grüne Läden geschützt, in ihrem künstlichen, kulissenhaften Parke lag. Auf der Waisenbrücke blieb er einen Augenblick stehen, lehnte sich über die Brüstung, starrte in die schmutzige Flut, der sie gestern abend den seltsamen Tiersarg anvertraut hatten. Auch diese Stimmung kam nicht mehr wieder, war unwiederbringlich dahin. Aus den Zillen, die da unten lagen, stieg gemütlicher Rauch des Frühstücksfeuers, junge Burschen saßen kartenspielend auf dem Verdeck und ließen die Beine am Bug baumeln, wo der Schiffsname ›Herta‹ schön bunt angepinselt war, ein Kind jagte sich um den Kiel herum mit einem bellenden Hunde, und der tote von gestern abend war längst nicht mehr wahr, mit andern Toten ans Wehr getrieben, wo er neben Unrat und Kehricht irgendein Schmutz im Schmutze der Großstadt blieb.

Der Name Jago kam dem Clemens jetzt ordentlich hochtrabend, schwülstig, unfreiwillig komisch für eine so gebrechliche, unappetitliche Sache vor. Er wandte sich von dem Wasser ab wie von etwas, das widerliche Erinnerungen erweckt, und schlenderte weiter: am Märkischen Museum vorbei, Jakobstraße, Lindenstraße, zum Hallischen Tor, gemächlich, nahm sich Zeit inmitten der hastenden Menge dieser Arbeits- und Geschäftsviertel, ein lässiger Flaneur. Ins Warenhaus Jandorf ging er hinein, streunte durch alle Abteilungen, besah alle Waren, wunschlos, unerregt, nur um noch einmal sämtliche Dinge dieser Welt festzustellen, längst erhaben über ihren Wert oder Unwert.

Inzwischen war es Mittag geworden, die eine Schicht Arbeitender wechselte mit der andern. An den Haltestellen der Elektrischen und Autoomnibusse standen die Menschen in Rudeln, auf den Trottoirs rannten die Herden folgsamer Arbeitstiere, irr schien diese ganze Menschheit sich selbst und ihr Lebensgefühl vergessen zu haben. Den Händlern wurden die neuesten Zeitungsausgaben aus den Händen gerissen, und von einem Massenwahn befangen bohrten alle diese unterernährten, abgetriebenen Opfer ihre kurzsichtigen Augen in die fetten Lügen der Mittagsblätter. Das Kriegerdenkmal auf dem Kreuzberg schien alle Generationen zu überleben, über der breiten Eisenbahnstrecke ging man auf gebrechlichem Boden, das Gewirr der Schienenstränge war nicht zu entziffern, Züge sausten in allen Richtungen, hier war Berlin ein mechanisches Spielzeug von der heut beliebten, technisch belehrenden Art. Noch einmal war um Kolonnen-, Feurigstraße, Passage proletarisches Treiben mit Zigarettenhändlern, Hackepeter, buntbildrigen Kinos, Destillen und Pfandleihern. Bis die Schöneberger Hauptstraße ins Wohlsituierte überging, erst mit Landhäusern, die ganz unmotiviert und historisch wirkten, einst aber der Stolz ihrer Besitzer gewesen waren, dann mit den üblichen architektonischen Ungeheuerlichkeiten, den herrschaftlichen Mietskästen der Gründerzeit. Wie auf einem gemächlichen Sonntagsspaziergang schunkelte Clemens nun an den Delikatessengeschäften, Musikalienhandlungen, Juwelierläden, Loeser- und Wolff-Filialen, gutbürgerlichen Restaurants, Rennwettsalons und protzigen Lichtspieltheatern entlang. Verweilte vor den Photographenkästen, diesen öffentlichen Schreckenskammern menschlicher Hinfälligkeit und Vergänglichkeit. Wie mag es jetzt um dieses feierliche Brautpaar bestellt sein, wie viele von der Kinderschar dieses gesegneten Elternelends sind noch am Leben, wer ist aus dem Klub der Vielfraße vom Schlage getroffen worden, wer von der schmucken Reichswehr-Kameradschaft, Stube achtzehn, beging inzwischen Selbstmord oder verunglückte auf dem Schießplatz? Um ihn herum strich jetzt ein Publikum, das mehr seinem phlegmatischen Trott entsprach: Rentiers bei der Verdauungspromenade, verkalkte Würdegreise, am schäbigen Rentnerrock atavistische Orden-, Ehren- und Vereinsabzeichen angeheftet, sich knickebeinig vorwärts tastend und von Zeit zu Zeit asthmatisch innehaltend, um besondre Kraftstellen ihrer politischen Kannegießerei auch äußerlich als Stillstand zu dokumentieren. Schnösel vom Gymnasium und höhere ›Töchter‹ in arrogantem Flirt, saure, pincenezbewehrte, in ›praktische‹ Kleidung gezwängte Offizier- und Beamtenweiber, irgendeine Bundesbrosche in der Gegend des fehlenden Busens, auf Klatsch- und Werbestreifen für ihre reaktionären Konventikel; rotgesichtige Wänste in Wadenstrümpfen, grüner Joppe, Lodenhut mit Rasierpinsel, die herausfordernd um sich blickten und in irgendeiner gutbesoldeten Propagandaeigenschaft herumspitzelten und -stänkerten. Clemens konnte sich nicht mehr entrüsten, fand alle, vor seiner Ewigkeitsperspektive, gleich belanglos, dem Vergehen preisgegeben, putzig, sinnlos, sich vergebens bemühend.

»Mich kann nichts mehr, so oder so, erregen«, sprach er überheblich vor sich hin und sah auf die Hakenkreuze zweier Knaben, die Nagelstöcke auf dem Pflaster hinter sich her schleiften, das provokante Säbelrasseln der Offiziere zu imitieren, ebenso überlegen wie auf Schillerkragen und lange Haare einer Gruppe mit roten Schleifen demonstrierender Jugend.

Plötzlich begann es zu tropfen, wurde ärger, sandte einen Platzregen herab, vor dem man sich nicht retten konnte. Clemens fing an zu rennen, wurde nervös. »Diese verdammten Reiche-Leute-Viertel! Überall ein Garten ums Haus. Daß man ja nicht im Schutze des Daches an der Mauer lang gehn kann! Und auch Untertreten im Hausflur gibt es nicht. Die Angsthasen leben nur hinter versperrten Toren. Stürmen sollte man ihre Hamsterhöhlen, demolieren und ausräuchern!«

Er keuchte Flüche und Verwünschungen, rannte wie ein Gejagter, empfand dabei selbst das Demütigende und Lächerliche seiner Flucht, pitsch patsch schlug es an seine Knie hoch, wenn er kurzsichtig in eine Pfütze trat, pitsch patsch klatschte aus einer Traufe die Flut auf sein Haupt, und wenn er sich beim Rennen etwas vorbeugte, schlickerte ihm die Flüssigkeit vom Hut ins Gesicht. Clemens raste. Kurz vor dem Hause, in dem er wohnte, grade als er in kühner Wendung um den Vorgartenzaun des Nachbarhauses herumschwenken wollte, rannte er an einen würdigen Greis mit weißem Vollbart und Goldbrille, der unterm sichren Schutze seines altväterisch breiten Parapluies erhaben, nicht aus der Ruhe zu bringen, einherschritt. Und anstatt sich zu entschuldigen, schrie Clemens ihn roh an: »Verfluchtes Verkehrshindernis! Was haben Sie denn bei solchem Wetter auf der Straße zu suchen? Haben Sie nichts Besseres vor? Aber die ältesten Mummelgreise halten es auf ihrem Hintern nicht aus! Oder sind Sie gar der liebe Gott selber, der auf seine alten Tage wieder kindisch wurde, sich diesen dummen Spaß mit der Regenschweinerei machte und nun hier herumspaziert und sich an dem Schabernack weidet? Dann nehmen Sie sich nur in acht, daß man nicht auf Sie aufmerksam wird! Man ist nachgrade nicht gut auf Sie zu sprechen, Unheil genug haben Sie angerichtet, es besteht allenthalben die löbliche Absicht, Ihnen Ihr Handwerk gründlich zu legen!« Dem alten Herrn verschlug es die Sprache. Auf solche Wüstheit war er sogar in diesen veränderten, zuchtlos gewordnen Zeiten nicht gefaßt. Als er nun noch die Flut Gotteslästerungen über sich ergehen lassen mußte, war er überzeugt, an einen Wahnsinnigen geraten zu sein. Klappte in seiner Angst und Ratlosigkeit den Schirm zu und trippelte verstört weiter, allen Regenstürzen ausgesetzt, ohne es zu merken, nur im Innern mit diesem entsetzlichen Erlebnis beschäftigt, das er nie verwinden würde. Clemens jedoch war schon vor seiner Wohnungstür, schloß auf, trat ein, sank auf einen Stuhl. Das letzte Mal geborgen! Wie oft war Clemens so nach Hause gekommen, wie auf der Flucht vor den Tücken dieses Lebens! Zerschlagen, entmutigt, abgespannt nach all den zermürbenden ergebnislosen Pirschgängen der Stellungssuche, und später nach einem achtstündigen Arbeitstage voll Demütigungen, Kleinlichkeiten, Verdruß. Wie sehr war ihm da doch seine trostlose Junggesellenwohnung einzig rettendes Asyl gewesen, bergende Insel im Sintflutozean der Riesenstadt. Hier war man endlich sicher, wie das gehetzte Tier, das den Jägern in seine Höhlenzuflucht entkam. Schloß man die Tür, mußte alles Feindliche, Böse, Bedrängende draußen bleiben, hörte der Lärm mit einem Male auf, schwiegen die hungrigen, knurrenden, nach ihm schnappenden Laute, die schon dicht hinter ihm gewesen waren, ging die wilde Jagd ohne ihn weiter.

Clemens warf seiner dürftigen Stube zärtliche Blicke zu, die ihr Abbitte leisten sollten. Denn kaum war die erste Angst vorüber gewesen und hatte er sich in Sicherheit gefühlt, so begann er undankbar zu werden, sehnte sich nach Besserem, nach Komfort und Glanz, bis er zuletzt nur noch die Nachteile und Schäden sah, die Enge, die Schäbigkeit, unter seinen vier Wänden litt, sie haßte, als Gefängniszelle empfand, als Katakombe, in der man lebendig begraben war. Dennoch mußte man stets, kam es zum Äußersten, eingestehen, daß diese dumpfe, stockige, lichtlose Bleibe das einzige Heimatliche war, das man noch besaß. Auch ihre Defekte, die entblätterte, abgerißne Tapete, die glucksende, stinkende Gaslampe, die schlecht schließenden Türen und

Fenster, waren einem durch das jahrelange Beieinandersein, einander Dulden, seltsam vertraut und unentbehrlich geworden. Clemens bekannte reumütig, daß er überhaupt immer andern die Schuld gegeben hatte, statt sich selber. Es war ja das leichteste, sich in einer Attacke gegen Ahnungslose Luft zu machen. Eben hatte er dem alten Herrn unterm Schirme so schlimme Worte zugefügt, obwohl der so gemütlich, nachsichtig, lieb versponnen ausgesehen hatte wie sein Vater – oder wie der liebe Gott … Aber seinen Vater hatte Clemens schon vor zehn Jahren begraben, – und was war mit Gott? Clemens hatte nie recht Zeit gehabt, oder sich keine Zeit genommen, zu glauben oder nicht zu glauben. Er fühlte jetzt deutlich, daß die hemmungslosen Anklagen vorhin weder von Himmel noch Hölle erhört oder auch nur gehört wurden; er wußte jetzt, daß er von Gott und Teufel gleicherweise verschmäht wurde.

Da so lange nicht gelüftet worden war, herrschte eine stickende, modrige Atmosphäre. Clemens öffnete die Fenster, der Regen hatte natürlich aufgehört, sobald Clemens unter Dach war. Im Nebenhofe spielte ein Leierkasten, eine zittrige Stimme sang: »Macht euch bereit, bald geht ihr ein in die E-wigkeit …« Clemens schloß das Fenster wieder, warf sich auf's Bett. O holdeste, unvergleichliche Wollust, wieder im eignen Bett zu liegen! Bett, du liebster, zärtlichster, nie lästiger Nachtgefährte, Schutzengel unsres Schlafes, mütterlich weich und warm um unsre und über unsern müden Gliedern wie die Henne ihren Küchlein!

Wieder versuchte ihn die Lagerstätte einzulullen mit sanftem Schlummerliede, zu verführen zu gewissenlosem *dolce far niente*, Traumabenteuer und alles vergessender, märchenbunter Urwaldfahrt auf den schwülen Fluten tropischen Stromes, zur erschlaffenden Fata morgana pflichtbefreiten, verantwortungslosen, leidlosen Wahnes! Clemens wäre so gern der Verlockung gefolgt, hätte sich so gern gehn lassen, so gern sich im letzten Augenblick noch gedrückt. O Seligkeit, in die Kissen zu versinken, die Glieder auf glattem Linnen auszustrecken! Aber es war ja zu spät. Die Zeit war vorbei, als man im Bett lag, den Arzt erwartete, der pünktlich jeden Tag zur bestimmten Stunde erschien, den Puls maß, ein Rezept ausschrieb, mit ein paar Witzen und ermutigenden Reden die Stimmung hob. Auf dem Tischchen am Bett war eine Flasche Wein gewesen, ein Teller mit Süßigkeiten, ein Glas mit einem Veilchenstrauß, ein Buch, eine Bildermappe, ein Steinbaukasten. Heut mußte man den Feind in seiner Höhle aufsuchen und den Entscheidungskampf auf Tod und Leben wagen. Wer nicht wagt, verhungert. Und wer wagt? Ach, die Krankheit hatte eine Maske vor dem Gesicht und, wer sie besiegen kann, auch. Clemens, du mußt tapfer sein! Tapfer? Mehr: geduldig und von Herzen demütig, auf das Schlimmste gefaßt! Er sprang auf, sah nicht mehr zurück. Begann eifrig Ordnung zu machen. Deckte das Bett ein, strich mit dem Spazierstock über die Bettdecke, daß sie ja regelmäßig in grader Linie lag. Raffte den Stoß uneröffneter Briefe zusammen, stopfte ihn in den Ofen und verbrannte ihn. Staubte seine paar Bücher, Zufallslektüre, ab und stellte sie auf dem Bücherbrett exakt hin: Dr. Bocks »Buch vom gesunden und kranken Menschen«, P. Poseners »Der deutsche Staatsbürger und sein Recht«, Boruttaus »Leib und Seele«, Dr. Retraus »Selbstbewahrung«, mit 27 Abbildungen; »Das Geheimnis von Hampster« von J. Oakley; Maupassants »Yvette«, Bölsches »Im Steinkohlenwald«, Robert Saudeks »Dämon Berlin« und Hans Hoffmanns »Aus der Sommerfrische«. In der Tischlade fand er unter dem Kartenspiel noch fünfzehn Pfennige in Einpfennig-Stücken und freute sich, den Rückweg durch Benutzung der Elektrischen erleichtern zu können. Im Kleiderschrank staubte er seinen schwarzen Gehrock ab und hängte ihn korrekt hin, im unteren Fach ordnete er die Wäschestücke, nahm aber den veralteten, vom Vater ererbten Revolver heraus und steckte ihn zu sich. Breitete eine frische Decke auf den Tisch und tat Glas, Teller, Besteck darauf, für die eigne Rückkehr oder für seinen Nachfolger. Wie ein Verreisender, der bis zur Abfahrt des Zuges noch etwas Zeit hat, setzte er sich dann an den Tisch, unsicher, fahrig, gereizt.

Da klingelte es. Clemens hoffte, wider alle Wahrscheinlichkeit, auf ein Wunder, eine rettende Überraschung, Besuch eines Freundes, den er nicht besaß, Geldsendung, die er nicht zu erwarten hatte, Stelldichein einer Geliebten, die nie vorhanden gewesen war. Dem Bettler, der in Wirklichkeit draußen stand, gab er die eben gefundenen fünfzehn Pfennige. Es war vielleicht besser, auf alle Hilfe zu verzichten und zurückzugehen, wie man gekommen war. Vielleicht hing der Erfolg der Pilgerschaft davon ab. Er fühlte sich auch noch einmal als Sieger, Überlegenen, der so oder so handeln, gewähren oder versagen, noch Ärmere beglücken konnte. Noch lebte er! Dann drehte er das Bild der Mutter, das über seinem Bett hing, so um, daß das geliebte Gesicht in die Unergründlichkeit der Mauer hineinsehen mußte – sie war ja doch tot und konnte ihm nicht helfen. Und schritt hastig aus der Tür, als ob er eine Unterredung mittendrin als aussichtslos abbräche. Drehte den Schlüssel zweimal herum. Ging durch Steglitz mit verbißner Entschiedenheit.

Die Luft war nach dem Regen verhältnismäßig lau, das Wetter hatte in diesen Tagen schon etwas aprilhaft Launisches, spielte bald Vorfrühling, bald schlug es zu winterlicher Härte um. Clemens sog diese Luft begierig ein. Sie zauberte verwegene Wünsche ins Blut, Sehnsucht nach der Landstraßenweite, nach windumwehten Fernen, nach dem Blick auf die leuchtende Kette der Berge, auf den dunkel sich schlängelnden Fluß und bunte Dörfer zwischen Wald und Wiese.

Es war lange her, seit Clemens etwas andres als Stadt und diese Automatengeschäftigkeit gesehen hatte. Damals lebte der Vater noch. Nachher war die Fahrt in dieses Berlin, das ihn für immer behalten sollte, seine letzte gewesen. Aber das gab es doch alles noch, Reisen, Freiheit, zielloses, ungebundenes Schweifen, die Erde unter seinen Füßen fühlen, den Himmel nahe seinem Haupte, und wenn man Atem holte, die reine Gottesluft durch seine Lunge wehen lassen! Clemens schüttelte resigniert den Kopf. Für ihn, den Armen, schon lange nicht mehr, und für alle, die seinesgleichen waren. Das erste Mal, daß er andre sich gleichsetzte, sich einer Masse einreihte. Er war nun wieder in einem mehr proletarischen Viertel und sah jetzt die Leute um sich herum mit anderen Augen an, mit teilnehmenden, gutwilligen, werbenden Blicken, die Bundesgenossen, helfende Freunde suchten. Auch dieses Aufflackern einer Hoffnung währte nicht lange.

Die wohlgemuten, derb scherzenden Arbeitsburschen, denen die Fabrik oder eine andre Fron nichts hatte anhaben können, die da robust, nicht unterzukriegen, sich balgten, noch nach des Tages Mühe Lust und Kraft zu sportlicher Betätigung hatten oder mit ebenso lebensfrohen, dem Leben gewachsenen, widerstandsfähigen Proletariermädeln zu einer Parteiversammlung, einem Rummelplatze, einem Ausflug der radikalen Jugendgruppe oder einem privaten, ohne Hemmung, verlogne Ziererei, romantisches Geschwätz und Getu handgreiflichen Geschlechtsglücke loszogen, diese unverwüstlich Gesunden konnten ihn nicht einmal verstehen, geschweige denn retten. Gestand er sich's nur ein: ihre herausfordernde, ordentlich aufgeblähte Gesundheit, körperliche und temperamenthafte Spannkraft, Vitalität, übermütige Aktionsbereitschaft ärgerten ihn, stießen ihn ab, wie einen Zartbesaiteten, Kränklichen die provozierenden Fleisch- und Muskelorgien eines Rubens. Diese hier halfen ihm nicht, weil sie jung, gesund, zukunftsgläubig waren, und ihre Brüder und Eltern, die zerfetzt, verbraucht, verkrüppelt, skrofulös, blind, lungenkrank, einarmig in Kloaken von Kammern und Abfallgruben von Betten verdarben, sie waren erst recht keine Hilfstruppe für den abgrundnahen Clemens.

Eine besser gekleidete Frau, der diese Gegend das günstigste Feld für ihre Proselytenmacherei schien, steckte ihm eine Broschüre zu. Clemens blieb einen Augenblick an einem Kinoeingang und las. »Neue Abhandlungen über biblische Themen von der Internationalen Vereinigung Ernster Bibelforscher; gedruckt in der Wachtturm-, Bibel- und Traktat-Gesellschaft. Warum ist Böses zugelassen? Nur wenige sind für den Himmel bestimmt. – Millionen jetzt Lebender werden nie sterben! Die unruhvollen Zeiten der Gegenwart sind ein Zeichen des nahe bevorstehenden großen Jubeljahres für die gesamte Menschheit.«

Er warf die Traktätchen entsetzt weg, als hätte er Giftiges berührt. »Was nützt mir ein Jubeljahr, das ich nicht mehr erlebe!« In einer Pfütze lag die Broschüre, unwillkürlich las Clemens die oberste Zeile: »Wer da lebt und an mich glaubt, wird nicht sterben in Ewigkeit!« Stritt sich ernsthaft mit dieser Mahnung herum: »Aber ich kann ja nicht glauben! Was kann ich dafür, daß ich nicht glauben kann? Warum diese ungerechte Bevorzugung günstiger Veranlagter?« Bis sein Blick auf den nächsten Satz traf: »Die Gesellschaft liefert auch Bibeln zu Originalpreisen an Unbemittelte«, er zynisch grinsend fragte: »Warum nicht Brot, Fleisch, Wurst?« und sich lachend antwortete: »Weil wir sonst gesund würden!« Dann stürmte er weiter, nicht mehr ein langsam

Schlendernder, den Verkehr störender Flaneur, sondern diesmal ganz im Einklang mit dem Hetztempo der von Büro, Werkstatt, Atelier zur späten Sättigung nach Haus Eilenden und der zum pünktlichen Antritt der neuen Arbeitsschicht Drängenden. Schon lauerte am Fabriktor der Pförtner mit der Kontrolluhr, es galt, ausgeschlossen werden, Entlassung, Abschied für immer, oder bleiben dürfen, geborgen sein, Dauerstellung. Auch Clemens rannte nun, mit Millionen Leidensgenossen, um sein Leben.

In der Villa des Pelzherrn waren jetzt alle Fenster erleuchtet. Was wußte der von den tödlichen Versuchungen, die Clemens betrafen? Sicher hatte er sich einen neuen Jago gekauft, saß jetzt in seinem Klubsessel und genoß in der Erinnerung den gestrigen Abend als ein Erlebnis von seltenem, delikat melancholischem Reiz, indes das Grammophon mit elektrischem Betrieb die anregende Stimmung passend musikalisch untermalte.

Auch in der Kaschemme war nun schon wieder das Geschäft im Gange. Im Schaufenster leuchteten die Likörflaschen in grell grünen, roten, gelben Farben, stand die Schüssel mit dem bläulich lockenden Kartoffelsalat und der Teller mit den kalten Bouletten, hingen an der Schnur die rötlich fahlen, verrunzelten Bockwürste, und man hörte das Klavier ächzend und sich verheddernd arbeiten: »Warum denn weinen, wenn man auseinandergeht ...« Sicher stehen Grete, die Zigeunerin, und die rote Lotte schon wieder erwartungsvoll am Büfett, alles ist bereit, und der Tanz kann von vorn anfangen. Jeden Tag um dieselbe Stunde die gleiche Muffigkeit, kleinliche Gier, Schmutzerei, das Vegetieren und Sichabfinden – nein, diese feige Art, sich an seine Krankheit zu gewöhnen und in ihr wohl zu fühlen, dieses Herumschleichen um eine Entscheidung, dieses Maulwurfsdasein immer unter der Erde, – nein, man mußte den Durchbruch wagen, ganz gleich, wo man herauskäme!

Um die Ecke wohnte der Arzt. Die Ärzte, die zögernd mit der Brücke zur Genesung oder Vernichtung zurückhalten, Verbündete des Aufschubs, der Schlamperei und Bescheidung, Aktionäre und Nutznießer des Dauerverfahrens, berufsmäßige Manager des Katz-Maus-Spieles! Clemens sprang die Treppen hinauf. Oben hing eine Tafel: »Heut ausnahmsweise keine Sprechstunde.« Es konnte ihn nicht einen Augenblick schrecken, ging ihn nichts an. Er läutete Alarm, trommelte mit den Fäusten gegen die Tür. Da bequemte sich drinnen ein ruhiger, energischer Schritt, gelassen wurde geöffnet.

Der Arzt selbst, festlich angetan, mit Lackschuh und Frack, gleichmütigen, abwesenden, undurchschaubaren Gesichts, sagte ohne Zorn und Vorwurf und ohne ein Erstaunen zu verraten: »Sie bringen das Entliehene wieder, kommen zur Abrechnung. Zu etwas ungelegener Zeit. Immerhin ... es trifft sich gut. Ihre Nachfolge tritt morgen früh an. Wir machen gleich reinen Tisch. Bitte!«

Clemens hatte für alle Fälle gleich seinen Fuß zwischen Tür und Schwelle geschoben, sich den Einlaß zu erzwingen. Nun ging es ganz gütlich, ein verheißungsvoller Anfang. Der Arzt ließ ihn sogar höflicherweise vor sich hergehn, und der sonst so dunkle Korridor war erleuchtet. Sie traten ins Wohnzimmer. Die Arztfrau, schon im Pelzmantel, und das Kind, im Sonntagsstaat, saßen am Tisch und legten Karten. Hoben beim Eintritt von Clemens kaum die Köpfe, setzten ihr Spiel gleichmütig fort. Ein Stuhl wurde diesmal nicht angeboten. Der Arzt rechnete mit ferner Stimme vor: »Sie nahmen als Vorschuß einen Anzug, Oberhemd, Kragen, Krawatte, eine Flasche Wodka, hundert Mark in bar. Sie haben noch zu erhalten den Lohn für zwei Wochen Dienstzeit. Wir wollen nicht kleinlich sein: Sie geben die Kleider zurück, und wir sind quitt. Wollen Sie das, bitte, hier schriftlich bestätigen!«

Clemens stand ihm gegenüber, gleich unerschütterlich, furchtlos, mit dem leidenschaftlichen Trotz des endlich zum Äußersten Entschlossenen. Entgegnete gefestigt, hart, keinen Widerspruch duldend: »Wir sind nicht quitt. In der Hauptsache, im Wichtigsten nicht. Alles andre sind Lappalien. Sie schulden mir immer noch die Untersuchung, die Diagnose, das Urteil, das Rezept. Die Heilung oder die Gewißheit, daß es keine gibt. Ich habe immer nur Fragen von Ihnen gehört, nie eine Antwort. Sie hielten mich hin, ließen mich verkommen, waren nicht mehr sichtbar. Ich sollte der ewig Kranke bleiben. Endlich sollen Sie mir nicht mehr entschlüpfen. Sie haben recht: wir wollen reinen Tisch machen. Bitte!« Clemens, seiner selbst ganz gewiß, redete in korrektem Tone wie der Arzt, es klang wie eine wissenschaftliche Debatte, eine sachlich konziliante, kollegiale Auseinandersetzung. Die Frau und das Kind ließen sich in ihrem Kartenlegen nicht stören, nun war der Arzt wieder am Wort.

»Haben Sie nicht das Schild gesehen? Ich halte heut keine Sprechstunde ab.«

Aber Clemens ist nicht einzuschüchtern, heut nicht. »Ich bin auch kein Sprechstunden-Patient mehr. Ich kann verlangen, außer der Reihe dranzukommen. Sie schulden mir Ihre Zeit. Und ich bin am Ende, mit mir selbst am Ende. Sie werden mich nicht los, ohne mir geholfen zu haben.«

Die Frau sah flüchtig von den Karten auf und sagte verweisend: »Es wird nun bald Zeit. Zimmers lieben Pünktlichkeit. Außerdem macht man dort das Haus zeitig zu.«

Der Arzt war so unsicher geworden, daß er an diese Ermahnung anknüpfte: »Sie hören doch, daß ich heut schon vergeben bin. Wir müssen sofort aufbrechen. Kommen Sie morgen früh!«

Clemens beharrte. »Hier bin ich, hier bleibe ich. Heut oder nie. Das Fest kann warten. Jetzt gehe ich vor. Ich will endlich leben oder sterben können.«

Die starre Maske des Arztes wurde unmerklich von einem hinterhältigen, grausamen Lächeln überblitzt. Dann sprach er äußerst entgegenkommend, er verneigte sich fast dabei: »Nun gut! Ihr Wunsch ist mir Befehl. Wenn Sie es denn so eilig haben … Diese Nacht noch soll Ihr Wunsch in Erfüllung gehen. Zuerst aber müssen wir fort, der Besuch ist unaufschiebbar. Sie tun uns übrigens inzwischen einen Gefallen: Sie hüten die Wohnung. Ich werde sehen, daß die Sitzung nach Möglichkeit beschleunigt wird. Und wenn wir wiederkommen, und sei es noch so spät, nehme ich mich Ihrer an.«

Er raffte sich zusammen, hohl und fern klang es: »Auf Wiedersehen!«

Dann zu Weib und Kind: »Kommt!« Das Kind hüpfte gleich hinter ihm her, ließ die Mutter im Stich, ging Arm in Arm mit ihm ab und versuchte schon wie ein Großes zu wirken, unwillkürlich die Haltung des Vaters nachzumachen.

Die Frau kam schwerfällig aus dem Sofa heraus. Sie hatte plötzlich etwas Verschüchtertes, strich im Vorbeigehen dem Clemens mütterlich übers Haupt, drückte ihm verstohlen den Speiseschrankschlüssel in die Hand. »Er ist gut gefüllt. Da findet sich noch eine reichliche Henkersmahlzeit. Auch Stoff, sich Mut und Vergessen anzutrinken.« Und war auch schon aus der Stube, und draußen schlug die Korridortür zu, ging zweimal der Schlüssel im Schloß herum. Clemens war eingeschlossen, lachte laut auf, übermütig, wie als Junge, wenn er sich während der Mittagspause in Tante Ernestines Konfitürenladen geschlichen hatte, um Süßigkeiten zu erbeuten, und nun die kurzsichtige alte Tante fürsorglich draußen den Riegel vorschob. Er war in bester Stimmung und sang zärtlich vor sich hin: »O ihr lieben, guten Schwachköpfe, ihr!« Er zog den Paletot aus, hängte ihn an den gleichen Nagel wie damals. Ging durch die große Wohnung. Nichts war versperrt, ein schlimmes Zeichen, ein Vertrauensvotum für einen Unschädlichen. Er drehte überall das Licht an, im Korridor, in der Küche, im Badekabinett, im Schlafzimmer, die Kronleuchter und auch Schreibtischlampe und Nachttischlämpchen. Er war so übermütig. Die glücklichere Jugendzeit stieg vor ihm auf. Er nahm des Arztes weißen Operationsmantel um die Schultern, schritt gravitätisch durch alle Gemächer und zitierte im Pathos der heimatlichen Provinztragödie: »Nacht muß es sein, wenn Friedlands Sterne strahlen ...« Aber er wurde sich der grotesken Unstimmigkeit gar nicht bewußt. In einem Schränkchen des Herrenzimmers entdeckte er einen echten Russenschnaps. Holte einen Korkzieher, öffnete. Das duftete anders als der ordinäre Wodka. »Kommt man euch auf die Schliche?« höhnte Clemens. Hob aus der Zimmerecke das Grammophon, legte eine Platte auf, rückte sich den Klubsessel behaglich zurecht, entnahm einer Zigarrenkiste eine Havanna, saß jetzt wie der Pelzherr, nippte am Likör, sog an der Importe, wiegte sich im Zauber der melancholisch krakelnden Melodie. Ihm fehlte nur ein Jago. Nur? Ihm fehlte die Hauptsache. Er hielt den Rundlauf der Grammophonplatte brüsk an. Griff zum Telephon. Die Stimme des Pelzherrn. Clemens schrie, lauter als nötig: »Hier der Jago-Freund von gestern abend.« Die Leitung funktionierte wohl nicht recht, der Pelzherr verstand schwer. »Wer ist da? – Eine Frechheit, einen mitten in der Nacht herauszuklingeln!« Clemens heiser: »Jago ... Jago ...« Der Pelzherr wütend: »Halten Sie andre Leute zum Narren! Jago ist längst tot. Ich wünschte, Sie wärens auch!« Hielt sich für gefoppt, von Fremden böswillig gestört, hängte zornig ab. Clemens griff mit resignierter Geste wieder zum Grammophon. Das quäkte menschenähnlich, gespenstisch, mit einer Stimme fremden Idioms, das er nicht verstand. Er konnte nicht allein sein, griff sich ein Buch aus des Arztes Bibliothek, saß wieder im Sessel, nippte am Likör, sog an der Importe, blätterte in einem medizinischen Atlas. Ergötzte sich rein ästhetisch an dem bunten Gefüge eines tödlichen Geschwürs, der in allen Farben schillernden Darstellung eines wüsten Leidens, mit der befriedigt genießenden Miene des Snobs.

Der Pelzherr, obwohl er längst wieder im Bett lag, vor Wut über den frechen Nachtanruf nicht schlafen konnte und nicht im mindesten jetzt sich an Clemens erinnerte, war ihm doch recht nah. Clemens hatte alle Platten durchgespielt, ganz für sich, in ekstatisch irrem Tanze sich dazu gedreht, eitel, in sich selbst verliebt, ohne Sehnsucht nach einem Partner. Er packte den Apparat in den Kasten, öffnete die Fenster, den Rauch hinauszulassen. In der heimatlichen Kleinstadt waren alle nächtlichen Geräusche lauter und klarer gewesen, stellte er fest, aber nie hatte man diese Angst gehabt, dieses Bangen, ob der Jäger nicht unhörbar hinter einem hält, wie in dieser großen Stadt mitten im lebhaftesten Tagesverkehr. Unter den Fenstern, mit der Hand zu erreichen scheinbar, lag der Viadukt der Stadtbahn, der Plan der feucht glänzenden Schienen. Die roten und grünen Lichter der Signalmaste lauerten noch immer, und von Zeit zu Zeit keuchte schwerfällig ein Güterzug vorbei. Nichts sonst war zu sehen, nur dieser metallen funkelnde Schienenstrang, drohend, erschreckend wie die chirurgischen Instrumente in der Arztvitrine, wie ein eisernes Marterbett, auf das man das Opfer flechten würde.

Wieder war es Clemens, als spüre er die nasse, metallene Kälte der Gleise an seiner bloßen Haut, als wollten die Züge seinen zermetzgerten Leib dann hinschleifen in die Abfallgruben der großen Stadt. Er schloß die Fenster, setzte sich in den Sessel, wollte sich wieder an den bunten Bildern zerstreuen. Aber nun waren es keine phantastischen Farbenwunder und Linienspiele mehr, auf denen seine Blicke genießerisch grasten, jetzt sah er auch die Unterschriften, bekamen die Kandinskyschen, koloristischen Ornamente eine grausige, unangenehme Realität, hatten plötzlich so vulgäre, schwerwiegende, furchteinflößende Namen wie Zottenkrebs, Lungenbrand, fressende Flechte, Lepra, Aleppobeule, roter Hund.

Und Clemens fühlte körperhaft peinigend, bei jeder der Krankheiten, die er gerade in Bild und Beschreibung vor sich hatte, daß sie ihn verheere; je weiter er in den vertrackten Büchern blätterte, desto mehr Übel plagten ihn, saßen ihm schon am Hals, brachten ihn mit vielerlei Ekelhaftigkeiten, Martern, Schmutzereien, Entstellungen zur Strecke. Er tastete seinen Leib ab. Hier schmerzte es und dort. Hatte er durch den Arztkittel alle diese Krankheiten wie durch ein Nessusgewand übernommen? Er suchte nach Büchern, die ihm die Heilmethode zeigten, die Möglichkeit, sich von dem Leiden zu befreien. Es gab keinen einheitlichen, eindeutigen Rat. Die Autoren widersprachen sich, eine Kapazität empfahl das strikte Gegenteil dessen, was die andre für gut hielt. Dem Leser aller dieser widerstrebenden, gegeneinanderschreienden Meinungen schwindelte es.

Clemens schob die Bücher beiseite, brannte darauf, daß der Arzt zurückkäme. Nur vom lebenden Menschen, vom Einzelnen, Einzigen, der vor ihm stünde, greifbar, fühlbar, daß man den Klang seiner Stimme hört und die Veränderung seiner Mienen prüft, ist ein Urteil so zu empfangen, daß man es annehmen oder ablehnen kann. Daß er sich doch beeilte! Diese Ungewißheit ist unerträglich, wenn hundert Verdächte quälen, man an einer Rettung zu verzweifeln beginnt, jede Minute kostbar sein kann, vielleicht bloß noch die Feststellung bleibt: Zu spät! Clemens hielt es nicht mehr aus, ruhig dazusitzen und behaglich zu harren. Wer weiß, welches tödliche Gift schon in seinem Blute wuchs? Unstet irrte er jetzt durch alle Räume, als ginge er damit dem Arzte entgegen, und beschleunigte so ihr Zusammentreffen. Im Korridor blieb er an die Wand gelehnt stehen und lauschte. Manchmal wurde das Haustor unten aufgeschlossen, Schritte kamen, stiegen hoch. Clemens hielt sie für die des Arztes. Aber sie gingen an seiner Tür vorbei, klommen polternd weiter, die Stiegen hinauf, Stockwerk für Stockwerk, wie damals die Katze es gespenstisch leise getan hatte und Clemens selbst, ihr später in panischer Furcht folgend.

Auf einmal kehrte die Angst wieder, die ihn damals gejagt hatte. Er in dieser fremden Wohnung allein: vielleicht würde jetzt nachts ein Hausbewohner den Arzt benötigen, Clemens könnte nicht öffnen. Man würde aber von draußen Licht in der Wohnung sehen, seine Schritte gehört haben, Verdacht schöpfen, einen Einbruch vermuten, das Polizeikommando alarmieren. Was hülfen ihm alle Beteuerungen? Wieder spräche der Schein gegen ihn. Clemens drehte das Licht ab, schlich auf Zehenspitzen zurück, sperrte in allen Zimmern die Beleuchtung. Er machte sich ganz klein, hockte zusammengeduckt im dunklen Gemache. Bekam es noch einmal mit der großen Einsamkeitsangst jeder Kreatur zu tun, die in nächtlicher Schicksalsstunde die vage, heimtückische, nicht zu bannende Todesdrohung wittert.

Es begann mit der Kinderfurcht, dem Bangen, das er empfunden hatte, wenn er allein im Bettchen lag und ringsum dieser stumme, gespenstische Wald von nächtlichem Schwarz lauerte. Das war damals so schlimm geworden, daß er in Krämpfe verfiel und die Eltern die Lampe so lange brennen ließen, bis er sichtlich fest schlief. Noch als Vierzehnjähriger traute er sich nicht zu Bett zu gehen, wenn seine Eltern einmal bei einem abendlichen Ausgange länger fortblieben, wartete ihre Heimkehr ab, erfolgte sie noch so spät. Und oft hatte das Einsamkeitsgefühl ihn überfallen mitten auf seinen Wanderungen, die er doch so liebte, plötzlich auf freiem Felde oder auf der Landstraße, daß er scheu nach rechts und links schielte, ob nicht aus dem hohen Getreide sein Mörder lautlos ihm in den Weg sich höbe, auf stillem Bergpfad sein Auftauchen hinter jedem Felsgestein, im Walde hinter jedem Busch und Baum vermutend. Und später erst recht hier in Berlin, wenn er nachts allein in seiner Wohnung lag. Er konnte keinen Schlaf finden, lauschte auf jedes Geräusch. Draußen im Hof raschelten Katzen im Laub, es knackte in den Dielen, seufzte in den Heizungsröhren.

Clemens war so glücklich, wenn er irgendwo im Hause noch die Wasserspülung rauschen hörte, ein menschliches Wesen wachte also noch mit ihm, es war wie ein Lebenszeichen, ein verstohlenes Signal in getrennten Zellen verwahrter Kerkergefährten. Er hatte von Klopfzeichen in Gefängnissen gelesen, mit einem zärtlichen Ausdruck im Gesicht versuchte er etwas Derartiges an der Wand leise zu improvisieren.

Obwohl es natürlich erfolglos blieb, half es ihm doch über eine gewisse Zeit der entsetzlichen Nacht hinweg. Bis endlich der Morgen zu grauen begann, in einer Wohnung des Hauses das geräuschvolle Aufstehen eines Früharbeiters zu hören war und Clemens schnell noch zwei, drei Stunden ungesund gierigen Schlafs erraffte. Gewohnheitsgemäß mit automatischer Sicherheit zur bestimmten Stunde erwachte, unerquickt, abgespannt, schlimmer als nach einer gänzlich durchwachten Nacht, ins Büro ging und dort natürlich wegen Schlappheit und Unaufmerksamkeit Verdruß mit den Vorgesetzten bekam.

Sein Stimmungswechsel heut abend hier in der Arztwohnung war eine genaue Wiederholung aller seiner Berliner Abende: zuerst die Freude, in einem Nest, einer Zuflucht, einem Inselobdach zu sein, und hernach das Entsetzen, der Schreck, das Irresein vor Angst. Ja was wollte er eigentlich? Einmal war die Einsamkeit ihm höchstes Glück, dann schwerste Bedrängnis und bitterste Not! Clemens weinte. Wenn er gebildeter oder verdorbener gewesen wäre, hätte er jetzt gedichtet. Wenn er noch Hoffnung gehabt hätte, gebetet. Auch in seinem Weinen webte noch einmal sein ganzes Leben, das, was seine Welt gewesen war. Eben diese Liebe zur Einsamkeit und diese Angst vor ihr. Die Eltern schon alt, er das späte, unerwünschte Kind – romantische Schwärmerei für die Mutter und, in jäher Erkenntnis, Ekel vor der alten Frau, die sie in Wirklichkeit war, und als sie unerwartet starb, Weh, und gleichzeitig Vergnügen an der interessanten Lebensveränderung, die ihm zuteil wurde. Leben mit dem Vater, halb kameradschaftlich, halb generationsfeindlich; Clemens genoß die Freiheit und Unabhängigkeit, die ihm der Vater durch seine mühselige Arbeit und seine Anspruchslosigkeit verschaffte, als etwas Selbstverständliches, und kokettierte mit dem Kitzel, der väterlichen ›Bevormundung‹ in eine Ungebundenheit zu entfliehn, die er sich märchenhaft gesichert, von jeder Arbeit befreit, mondän, nobel, romanhaft unökonomisch vorstellte.

Nach des Vaters nie für möglich gehaltenem Tode der Sturz aus allen Himmeln, die gründliche Vernichtung aller Träume und Ansprüche. Wie klein und bescheiden war er doch da vor der harten Wirklichkeit geworden! O diese Wochen der Stellungssuche, des Bittganges, der Demütigungen, das stumme Hinunterschlucken der vielen falschen, unverbindlichen Beileidsbezeigungen, das Ertragen der rohen Abschätzung, die so ein Stellungssuchender erfährt, dieses kühle Taxieren der Leistungsfähigkeit, das grausam selbstverständliche Verdikt, das einem die Lebensberechtigung abspricht, taugt man nicht für die Zwecke der Mächtigen, ist man dem Menschenverbrauch kein genügend nützliches Objekt! Und schlimmer, schwerer zu ertragen noch als die Männer, die ihn kurz und bündig ablehnten, war schließlich der Wohltäter, der sich, auf günstige Fürsprache hin, doch herabließ, sein Leben gnädig als Opfer annahm, sein Entgegenkommen betonte, Mitleid mit den traurigen Familienverhältnissen vorgab, Rücksicht auf die trostlose Lage des Verwaisten, Achtung für den braven verstorbenen Vater. Jedenfalls er, Herr Kommerzienrat Schicke, begehe mit der Anstellung von Clemens geschäftlich einen Leichtsinn, aber er sei nun einmal so, ihm sei eben nicht der pekuniäre Vorteil um jeden Preis die Hauptsache, er huldige als rückständiger Mensch immer noch dem Glauben, daß auch eine gute Tat ihren Lohn in sich trage – und nach so herzlicher, rührsamer Begrüßung wurde Clemens gleich im Gehalt gedrückt, soviel Stunden als möglich dabehalten und nach allen Regeln der Kunst ausgepreßt. Man kannte ja seine Zwangslage und wußte, daß man ihm alles zumuten durfte. Und wie lange hatte er das ertragen? Unzählige Jahre, es kam ihm jetzt vor, als wäre die Dauer gar nicht mehr festzustellen. Und hatte sich nicht etwa verbessert, war auf keinen leichteren Posten aufgerückt, zu keiner einträglicheren Position gekommen. Ja zum Teufel, warum hatte er denn nie versucht, eine Änderung seiner Stellung in dieser Firma durchzusetzen oder anderswo eine günstigere Bleibe zu finden? Oh, er hatte es schon versucht!

In seinen Vorsätzen, in seinen Gedanken. Da hatte er sich das kühnste und resoluteste Auftreten ausgemalt, ein Ultimatum an den Chef in der schroffsten Form, oder eine erfolgreiche Bewerbung bei der Konkurrenz, die ihn mit dreifachem Gehalt engagiert, und höhnisch ins Direktionsbüro hinein und ganz kühl und von oben herab gekündigt! Oder radikaler, noch schwelgend in den Anregungen irgendwelcher Zeitungslektüre, hatte Clemens einen völligen Abbruch seines bisherigen Lebens geplant, eine kompromißlose Flucht wie die Tolstois, ein launisches Sabotieren nach dem Muster berühmter Mimen, die auf Tage verschwanden, nichts von sich hören, Probe und Premiere im Stich ließen. Hatte natürlich immer nur mit solchen Plänen gespielt und vor sich selber renommiert. Sowenig er sich in Wirklichkeit je ernstlich darum bemüht hatte, seine ungesunde Parterrewohnung umzutauschen, so wenig machte er irgendeinen reellen Versuch, sich in seiner Stellung zu verbessern. Er raffte sich nicht einmal zu einer Annonce im Stellungsanzeiger auf, denn im Grunde hatte er ja Angst vor dem Ungewissen eines Wechselns, hatte er auch in diesen Dingen nicht den Mut zu seinen Wünschen. Sein Beruf und seine Wohnung, mochten sie auch nur Nachteile haben, waren ihm jedenfalls geläufig, er fühlte sich in ihnen heimisch, Überraschungen waren ausgeschlossen, auch das Schimpfen auf sie hieß süße Gewohnheit. Hier wußte man Bescheid, jeder Federstrich war millionenmal schon von Clemens gemacht, das zerkratzte, wacklige Pult, an dem er saß, jahrelang Tag für Tag von ihm mit den gleichen Gebärden abgestaubt worden, in seinem Dezernat, von Journalnummer soundsoviel ab, kannte er alle Finessen, und zu Hause flößten die Risse in der Tapete, die Spinne, die von der Decke herabhing, in normaler Stimmung auch keine Angst mehr ein. Wozu etwas riskieren? Wozu leben? hätte Clemens beinah laut gerufen.

Diese Interesselosigkeit am Leben, diese dumpfe Unlust und Apathie, die ihm erst viel, viel später als Symptome seiner Krankheit aufgefallen waren, sie waren also schon seit Jahren seine Begleiter! Das hieß: er war schon immer krank gewesen, jahrelang einer Entscheidung so oder so bedürftig, einer Heilung von der Einsamkeit oder einer Erlösung in ihren konsequentesten, unwiderruflichen Grad.

Er schrie unwillkürlich: »Es ist die höchste Zeit!«, so daß er vor seinem eigenen Schrei erschrak, vernahm gleichzeitig sehr nah eine sonore Glocke, die eine ihm nicht recht zum Bewußtsein kommende Stunde schlug, plötzlich flammte der Kronleuchter auf und, ohne daß Clemens ihn draußen aufschließen oder hier eintreten gehört hätte, stand der Arzt mitten im Zimmer. Clemens erhob sich, man war sich gleich. Gleichzeitig und fast mit derselben Stimme flüsterten sie: »Ich bin bereit.«

Der Arzt brauchte diesmal nicht zu befehlen. Clemens zog sich ruhig, fast feierlich aus, legte die Kleider sorglich zusammen. Kein Scheinwerfer wurde in Bewegung gesetzt. Der Arzt streifte den Operationskittel über den Frack. Dann, sehr höflich: »Wir müssen nebenan in die Dunkelkammer.« Er legte seine Hand auf die linke Leiste des Bücherregals, ein geheimer Mechanismus kam in Bewegung, der Schrank mit den medizinischen Lehrbüchern und Atlanten erwies sich als drehbar und gab den Eintritt in ein finsteres Gelaß frei. Der Arzt beruhigte: »Gehen Sie geradeaus, es sind keine Stufen da!« Aber Clemens hatte das Gefühl, tief hinabzusteigen. Lautlos schloß sich hinter ihm die Öffnung, und er tastete sich im undurchdringlichen, körperhaft dichten Dunkel weiter. War der Arzt überhaupt mitgekommen und noch bei ihm? Da erklang schon wieder seine verhärtete, unempfindliche gleichgültige Stimme, und man wußte nicht, war sie nah oder fern. Clemens wurde von ihr bis zu einer kalten Mauer dirigiert, an die er sich mit dem Rücken lehnen mußte. Dann war es wieder still, man hörte den Arzt an irgendwelchen mechanischen Vorrichtungen hantieren, Schrauben drehn, Hebel stellen, blitzschnell zuckten auf und verschwanden wieder gelbe, rote, blaue Flämmchen, gleich den Lichtzeichen der Signalmaste auf dem Stadtbahngleis.

Clemens mußte an einen Zeitungsartikel denken, der die standrechtliche Erschießung von Revolutionären geschildert hatte, das Kommando »Hände hoch!«, das Knacken der schußbereit gemachten Gewehre, die Salve. Dieser Gedanke kam ihm billig phantastisch vor. Schwerer schien ihm, wenn es sich um keine Idee, um kein Martyrium handelte, sondern um den nüchternen Tatbestand: Krankheit. Er wollte keine Apotheose, sondern Gewißheit. Schon verdroß ihn das resultatlose, unsichtbare Hantieren des Arztes. Er argwöhnte, durch Theatertricks und Taschenspielerkunststücke wieder hingehalten, düpiert, um die Entscheidung geprellt zu werden. Er schrie zornig in die gestaltlose Finsternis und ballte die Fäuste gegen den unsichtbaren Feind. »Wie lange soll das Dunkel noch dauern? Ich will endlich Licht, grelles Licht!«

Da gab es einen lauten Hebeldruck, einen schneidenden Ton, als fiele die Guillotine, und auf dem dunklen Grunde erschien gespenstisch hell das Röntgenbild von Clemens: sein Skelett. Clemens war darauf gefaßt gewesen. Er sah dem Tode gleichmütig ins Auge, nickte ihm kameradschaftlich zu. Wandte sich dann brüsk um, schon war die

Pforte am Bücherregal wieder geöffnet. Clemens trat ins Zimmer zurück und kleidete sich umständlich an, als mache er zu einer besonderen Gelegenheit feierlich Toilette.

Als er fertig angezogen war, stand auch schon der Arzt, in Mantel und Hut, neben ihm. Er griff in die Rocktasche von Clemens und zog den Revolver heraus. »Da Sie wohl kaum dazu kommen werden, mich zu bezahlen, begleiche ich damit mein Honorar«, sagte er in geschäftlich konziliantem Tone und schloß die Waffe in sein Pult.

»Bestehen Sie noch darauf, daß die Sache heut zu Ende gebracht wird?« Clemens nickte. »Der Weg ist noch weit und nicht sehr angenehm. Aber in meinem eigenen Hause ...«

Clemens konnte die folgenden Worte nicht verstehen, aber er mochte nicht fragen. Auch schritt der Arzt ihm schon voraus, so kam Clemens auch nicht mehr dazu, seinen Mantel zu suchen. Es war ihm auf einmal alle körperliche Anfechtung gleichgültig, barhäuptig und ohne Mantel stieg er hinunter, auf die Straße hinaus. Die lag bedrohlich lautlos in einer grauen, triefenden Nebelschicht. Hier und da durchstach eine Laterne wie ein blinzelnder Spitzelblick den unangenehmen Flor. Die Straße führte als schmaler, nasser Landungssteg durch Wolkiges auf ein unbekanntes, leis rauschendes Meer hinaus, die Umrisse der Gebäude, alle die Kulissen des Tages, waren nicht zu erkennen, standen wohl nicht mehr, nicht die Villa des Pelzherrn, nicht die Kaschemme mit Grete, Lotte und der langen Emma. Schweigend führte der Arzt ihn weiter, machte da eine Wegbiegung, ging dort scheinbar unnütz im Zickzack. Clemens wußte längst nicht mehr, in welcher Richtung sie trabten und wo sie sich befanden. Die nasse Kälte war ihm durch den dünnen Anzug gedrungen, aber er achtete nicht darauf, spürte nur eine ungeheure Müdigkeit in sich. Die durchwachte erste Nacht, der weite Weg zu seiner Wohnung hin und zurück, die Nachtstunden, die er eben wartend verbracht hatte – es machte sich bemerkbar, er taumelte nur so hin, hielt sich krampfhaft aufrecht.

Einmal blieb der Arzt stehen, fragte – man merkte nicht, ob mitleidsvoll oder ironisch –: »Fühlen Sie sich noch stark genug?« Da raffte Clemens die letzten Kräfte zusammen, biß die Zähne aufeinander, stolperte wortlos weiter. Er dankte dem Himmel, daß kein Stern schien.

Als sie in einen größeren Park traten, lösten sich zwei Gestalten, unkenntlich, wie Schatten, aus dem Dunkel, traten zum Doktor, raunten vertraulich: »Brauchen Sie Helfer?« Der Arzt machte eine abweisende Geste. Einer von den beiden zögerte noch, der andre zog ihn fort. »Der ist nicht zu fassen, er hat ja kein eignes Gesicht!« und die beiden Vermummten hatte das Dunkel wieder verschluckt.

Der Arzt und Clemens gingen auf Gartenwegen, es roch nach Rasen. Clemens dachte einen Augenblick lang: »Frühling!« und sang dabei unwillkürlich ein paar Takte leis vor sich hin. Er selber hörte sie kaum, aber der Arzt fragte sarkastisch: »Haben Sie noch Hoffnung?« und beleuchtete schnell mit elektrischer Taschenlampe seine Gesichtszüge. In den Mienen des andern war nur ein kühles Erstaunen. Eine sanfte Ironie spielte um seine Lippen, Mitleid mit dem Arzte sprach aus seinem Blick. Clemens, der Sieger, hat die Sinnlosigkeit des Kampfes erkannt. Er will auch nicht mehr reizen, schließt die Augen. Die Lampe wird abgeknipst, verschwindet wieder in des Arztes Tasche.

Clemens denkt: dieser macht es sich doch unnötig schwer; wie alle Diener unsrer Zeit; wie völlig sie sich der Macht untertänig und zu Henkern machen! Er bedauert den Arzt, weil der so bereit sein Menschentum preisgibt und auf seine Seele verzichtet. Er möchte ihm noch rasch etwas Liebes antun, aber vor der vollkommenen Verhärtung des andern wirkt wohl jede Zärtlichkeit zu schwach.

Als Clemens noch darüber nachdenkt, biegt der Arzt ein paar Büsche beiseite und stößt ihn in eine Grube, aus der ein unangenehmer Verwesungsgeruch aufsteigt. Clemens, am Ende seiner Kraft, sinkt müde auf einen Haufen welken Laubes.

Des Arztes Stimme befiehlt, ganz menschenfern, blechern, in Herrscherwahn schnarrend: »Zählen Sie!«

Clemens, der Ohnmacht nahe, sterbensschwach, erinnert sich der guten Absicht, dem Arzt etwas Liebes anzutun, und bemüht sich, die Zahlen möglichst deutlich auszusprechen: »Eins – zwei – drei –« Immer schwerer sinkt des Andern Gewicht auf ihn. »– Elf – zwölf – dreizehn –« Von irgendwo bimmelt dünn und dürftig das Armesünderglöckchen in den Park herüber.

Später deckt ein letzter April-Schneefall einen kleinen, schmerzlichen Hügel welkes Laub und Menschenwesen. Der Arzt macht in seinem Register ein abschließendes Kreuz hinter den Namen Clemens. Eine Droschke mit geschlossenen Vorhängen klappert langsam durch das allmähliche Erwachen der Stadt.

### Erzählungen aus dem Biedermeier

Biedermeier - das klingt in heutigen Ohren nach langweiligem Spießertum, nach geschmacklosen rosa Teetässchen in Wohnzimmern, die aussehen wie Puppenstuben und in denen es irgendwie nach »Omma« riecht.

Zu Recht. Aber nicht nur.

Biedermeier ist auch die Zeit einer zarten Literatur der Flucht ins Idyll, des Rückzuges ins private Glück und der Tugenden. Die Menschen im Europa nach Napoleon hatten die Nase voll von großen neuen Ideen, das aufstrebende Bürgertum forderte und entwickelte eine eigene Kunst und Kultur für sich, die unabhängig von feudaler Großmannssucht bestehen sollte.

**Georg Büchner** Lenz **Karl Gutzkow** Wally, die Zweiflerin **Annette von Droste-Hülshoff** Die Judenbuche **Friedrich Hebbel** Matteo **Jeremias Gotthelf** Elsi, die seltsame Magd **Georg Weerth** Fragment eines Romans **Franz Grillparzer** Der arme Spielmann **Eduard Mörike** Mozart auf der Reise nach Prag **Berthold Auerbach** Der Viereckig oder die amerikanische Kiste

*ISBN 978-3-8430-1884-5, 444 Seiten, 29,80 €*

### Erzählungen aus dem Biedermeier II

**Annette von Droste-Hülshoff** Ledwina **Franz Grillparzer** Das Kloster bei Sendomir **Friedrich Hebbel** Schnock **Eduard Mörike** Der Schatz **Georg Weerth** Leben und Taten des berühmten Ritters Schnapphahnski **Jeremias Gotthelf** Das Erdbeerimareili **Berthold Auerbach** Lucifer

*ISBN 978-3-8430-1885-2, 440 Seiten, 29,80 €*

### Erzählungen aus dem Biedermeier III

**Eduard Mörike** Lucie Gelmeroth **Annette von Droste-Hülshoff** Westfälische Schilderungen **Annette von Droste-Hülshoff** Bei uns zulande auf dem Lande **Berthold Auerbach** Brosi und Moni **Jeremias Gotthelf** Die schwarze Spinne **Friedrich Hebbel** Anna **Friedrich Hebbel** Die Kuh **Jeremias Gotthelf** Barthli der Korber **Berthold Auerbach** Barfüßele

*ISBN 978-3-8430-1886-9, 452 Seiten, 29,80 €*